Beltz & Gelberg Taschenbuch 753

Marilyn Sachs wuchs in der Bronx in New York auf. Sie arbeitete als Bibliothekarin, begann dann zu schreiben und veröffentlichte zahlreiche Bücher. Sie hat zwei erwachsene Töchter und lebt mit ihrem Mann, einem Bildhauer, in San Francisco. Bei Beltz & Gelberg erschien bereits ihr Roman *Fast fünfzehn* (Beltz & Gelberg Taschenbuch 748).

Marilyn Sachs

Hallo ...

Falsch verbunden

Aus dem Amerikanischen von
Angelika Eisold-Viebig

BELTZ
& Gelberg

www.beltz.de
Beltz & Gelberg Taschenbuch 753

Erstmals in deutscher Sprache erschienen 1987 bei Anrich
Die amerikanische Originalausgabe erschien unter dem Titel
Hello … Wrong Number bei E.P. Dutton, New York

Aus dem Amerikanischen von Angelika Eisold-Viebig
Neue Rechtschreibung
Einbandgestaltung: Max Bartholl
unter Verwendung eines Fotos von Monika Paulick
Gesamtherstellung: Druckhaus Beltz, Hemsbach
Printed in Germany
ISBN 3 407 78753 7
3 4 5 6 7   07 06 05 04 03

Montagabend

Das Telefon klingelte.

»Hallo!«, meldete sich eine Jungenstimme.

»Hallo!«, antwortete eine Mädchenstimme. »Spreche ich mit Jim?«

»Ja?«

»Jim, hier ist Angie.«

»Wer?«

»Angie Rogers. Betty Lyons Freundin. Wir haben uns auf ihrer Party am Samstagabend getroffen.«

»Ich weiß nicht ...«

»Hör mal! Ich weiß, dass du sauer warst, weil ich ... weil, weil ich mich beim Tanzen so angestellt hab. Ich wollte dir auch nur sagen, dass das wahrscheinlich blöd von mir war. Tut mir Leid.«

»Hör mal, ich ...«

»Ich meine, ich hab dich ja schließlich noch nicht besonders gut gekannt. Deshalb hab ich mich aufgeregt. Aber ich mag dich trotzdem, und wegen mir können wir noch mal zusammen tanzen gehen. Wie wär's denn mit nächstem Samstag?«

»Nein, du verstehst mich nicht.«

»Doch, ich versteh dich sehr wohl. Du bist sauer,

weil ich dir gesagt hab, du sollst deine Hände bei dir behalten. Du hältst mich für prüde oder was. Aber das bin ich gar nicht, Jim. Wirklich nicht. Aber schließlich haben wir uns kaum gekannt. Du warst mir einfach zu schnell.«

»Aber ich bin nicht der, den du meinst.«

»Was soll das heißen? Sprech ich nicht mit Jim?«

»Ja, hier ist Jim. Aber nicht der Jim, den du meinst.«

»Nicht Jim McCone?«

»Nein.«

»Hab ich nicht die Nummer 527-3701?«

»Nein, hier ist 526-3761.«

»O mein Gott!«

Sie legte auf.

Montagabend, ein bisschen später

»Hallo!«

»Hallo, Jim?«

»Ja. Wer ist dran?«

»Hier ist ... das Mädchen, das vor ungefähr einer halben Stunde angerufen hat.«

»Oh, ja.«

»Hör mal. Ich weiß nicht, wer du bist. Aber ich hab ein paar Sachen gesagt, von denen ich nicht möchte, dass sie die Runde machen.«

»Ich weiß doch gar nicht, wer du bist.«

»Aber es hört sich so an, als ob du ungefähr in meinem Alter wärst. Gehst du an die Washington High School?«

»Ja, aber die ist schließlich ziemlich groß.«

»Mag sein, aber jeder kennt Jim McCone.«

»Ach den!«

»Na bitte! Du kennst ihn also.«

»Aber ich weiß nicht, wer du bist.«

»Ich hab dir meinen Namen doch am Anfang genannt.«

»Ich kann mich nur an Angie erinnern. Den Rest hab ich vergessen.«

»Das ist gut. Mehr brauchst du auch gar nicht zu wissen. Aber versprich mir, ihm nichts zu erzählen.«

»Was sollte ich ihm denn erzählen?«

»Was ich vorhin am Telefon alles gesagt hab.«

»Und weshalb sollte ich ihm das erzählen?«

»Ich weiß auch nicht. Aber versprich mir, dass du es nicht tust.«

»Da gibt's sowieso nichts zu erzählen.«

»O doch. Und ich will nicht, dass er es weiß, weil ich beschlossen hab, ihn nicht mehr anzurufen.«

»Das ist gut.«

»Er ist sowieso schon so eingebildet. Alle Mädchen in der Schule stehen auf ihn. Er denkt, er ist der Größte. Er denkt, er kann schon, wenn er das erste Mal mit einem Mädchen tanzt, seine Hände überallhin legen. Ich hasse ihn.«

»Er ist eben ein verdammt eingebildeter Kerl.«

»Was weißt du denn davon?«

»Ich dachte, du hättest gerade gesagt, du würdest ihn hassen.«

»Tu ich auch. Und ich hasse mich selbst dafür, dass ich auf ihn stehe. Ich hab heute stundenlang überlegt, ob ich ihn anrufen soll und was ich ihm sagen könnte. Ist das nicht verrückt? Ich entschuldige mich bei ihm, weil er frech geworden ist.«

»Weshalb hast du das denn tun wollen?«

»Weil er einfach toll ist. Und außerdem tanzt er großartig. Er ist der bestaussehende Typ in der ganzen Schule. Ich finde, er sieht sogar noch besser aus als John Travolta.«

»Schluck!«

»Das ganze Jahr versuch ich schon, ihn auf mich aufmerksam zu machen. Alles Mögliche hab ich versucht. Ihn angelächelt, wenn wir uns im Flur begegnet sind. Mit ihm herumgealbert während der Mittagspause. Ich weiß, welche Stunden er hat, und treib mich in der Nähe herum, wenn er Schluss hat. Ich weiß sogar, wo er wohnt. Manchmal lauf ich bei ihm zu Hause vorbei und hoffe, dass er vielleicht gerade aus dem Haus kommt und mich sieht.«

»Ich halte ihn für einen Idioten.«

»Ist er auch. Aber trotzdem bin ich am Samstagabend nur zu dieser Party gegangen, weil ich wusste, dass er auch dort sein würde. Ich hab mir sogar extra was Neues zum Anziehen gekauft. Und er hat mich tatsächlich zum Tanzen aufgefordert. Aber dann hat er mit ein paar Sachen angefangen, die mir nicht so gut gefallen haben. Ich hätte mich natürlich einfach darüber lustig machen können. Aber nein, ich musste gleich sauer werden und ihm 'ne Abfuhr erteilen. Da ist er natürlich gegangen. Den Rest des Abends hat er mit Sue Follett getanzt.«

»Ich finde es gut, dass du ihn hast abblitzen lassen.«
»Ich nicht. Also hab ich gedacht, ich ruf ihn an und sag, dass es mir Leid tut. Aber natürlich! Ich mit meinem Glück muss wieder mal alles vermasseln. Ich wähle die falsche Nummer. Das passiert mir mit der Null in einer Telefonnummer öfter.«
»Aber es ist doch nichts passiert.«
»Ich weiß nicht. Jetzt trau ich mich nicht mehr, glaub ich.«
»Vielleicht hast du ihn eigentlich gar nicht anrufen wollen. Vielleicht hast du deshalb die falsche Nummer gewählt. Vielleicht hat dein Unterbewusstsein reagiert, weil du ihn eigentlich gar nicht anrufen wolltest. Du wolltest eigentlich gar nicht mit ihm reden. Er ist der größte Angeber, den man sich denken kann. Da hat dein Unterbewusstsein gesagt: ›Weshalb sollte ich ihn anrufen? Weshalb sollte ich mich bei dem größten Angeber aller Zeiten entschuldigen?‹«
»Was geht dich das denn an, wen ich anrufe und bei wem ich mich entschuldige?«
»Gar nichts.«
»Ich kann mich entschuldigen, bei wem ich will.«
»Klar kannst du das. Wenn du dich unbedingt lächerlich machen willst, dann tu es doch. Er lacht

dich wahrscheinlich auf der Stelle aus. Er verachtet Frauen. Er benutzt sie nur.«
»Das geht dich einen feuchten Kehricht an.«
»Da hast du ganz recht. Weshalb ziehst du dann nicht endlich Leine und hörst auf, mich zu nerven?«
Der Junge legte auf.

Dienstagabend

»Hallo!«

»Jim?«

»Nein! Doch nicht du schon wieder!«

»Doch, ich bin's. Hör mal, es tut mir Leid. Ich wollte dich nicht blöd anmachen.«

»In Ordnung, vergessen wir die ganze Sache.«

»Das möchte ich ja auch. Dass du das Ganze vergisst.«

»Hab ich doch gesagt, dass ich das auch tu.«

»Klasse! Aber warte, häng noch nicht ein. Versprich mir, dass du ihm nichts davon erzählst.«

»Ich hab dir doch schon gesagt, dass ich ihm nichts erzähle.«

»Versprich es mir.«

»Hör mal, denkst du vielleicht, ich geh zu ihm hin und sag: ›Ach, Jim, ich wollte dir nur schnell was sagen. Diese dumme Kleine, Angie nochwas, hat mich gestern Abend angerufen und mir erzählt, dass sie nur darauf wartet, dass du mit ihr anstellst, was dir gerade so in den Sinn kommt. Du brauchst sie nur anzurufen, und sie wird dir die Füße küssen.‹«

»Du bist gemein. Das hab ich nie gesagt.«

»Hör mal, kannst du mich nicht endlich in Ruhe lassen? Weshalb musst du mich eigentlich die ganze Zeit nerven?«

»Ich will nur, dass du es mir versprichst.«

»Okay, okay, ich verspreche es.«

»Vielen Dank, Jim. Tut mir Leid, dass ich dir auf die Nerven gefallen bin. Wirklich, und ich verspreche dir, dass ich dich auch nicht mehr anrufe. Ich weiß, dass ich mich unmöglich aufgeführt hab, aber ich möchte einfach nicht, dass er erfährt, was ich vorhatte.«

»Damit hast du auch recht. Du würdest es nur bereuen.«

»Vielleicht.«

»Ganz sicher. Du wirst drüber wegkommen. Es ist, als ob man eine schlechte Angewohnheit ablegt. Du würdest dich wegen ihm nur noch beschissener fühlen. Ich weiß, wie er ist. Er war schon immer eine Ratte.«

»Wie lang kennst du ihn schon?«

»Seit der vierten Klasse. Er hat immer abgeschrieben. Die ganze Unterstufe durch hat er abgeschrieben. Er ist schon oft erwischt worden. Einmal ist er in Französisch durchgefallen, weil er abgeschrieben hat. Der Lehrer hat seine Mutter kommen lassen. Damals schon hat er sich seine Hausaufgaben von den Mädchen machen lassen und sie dann nur noch abgeschrieben. Manchmal haben die dann wegen ihm Schwierigkeiten gehabt, und er hat getan wie ein Unschuldslamm. Ich hab ihm damals schon gesagt, dass er die schmierigste, abscheulichste Ratte ist, die ich kenne!«

»Das hast du Jim McCone gesagt?«

»Natürlich. Ich hab ihm auch noch ein paar andere Dinge gesagt.«

»Was hat er darauf geantwortet? Was hat er gemacht?«

»Ach, nichts weiter. Von mir lässt er sich schon manches sagen. Er traut sich nicht, gegen mich was zu unternehmen. Er hat Angst vor mir. Ich bin nicht eins von diesen dummen, kleinen Mädchen, die sich so gerne beleidigen lassen.«

»Wie heißt du denn eigentlich?«

»Wie heißt du denn?«

»Hab ich dir schon gesagt.«

»Aber ich hab's wieder vergessen.«

»Na ja, ich möchte gar nicht, dass du meinen ganzen Namen kennst.«

»Weshalb denn nicht?«

»Ach, nur für den Fall.«

»Für den Fall, dass dir einfallen sollte, es ihm doch zu erzählen.«

»Aber ich hab dir doch gerade versprochen, dass ich das nicht mache.«

»Na ja, aber vielleicht ist es trotzdem besser, wenn du nicht weißt, wer ich bin. Ich hab dir Etliches erzählt, was ziemlich persönlich ist.«

«Okay. Dann ist es vielleicht auch besser, wenn du meinen Namen nicht kennst.«

»Richtig, wer fragt schon danach?«

»Genau. Wer fragt danach?«

»Gut, ich denke, ich sag lieber Gute Nacht.«

»Gute Nacht.«

Mittwochabend

»Hallo!«

»Hallo, Jim?«

»Nein, warte einen Moment.«

»Hallo!«

»Hallo, Jim! Wer war denn das?«

»Mein Bruder. Und wer ist dran?«

»Angie.«

»Das hab ich schon befürchtet.«

»Ich weiß, ich bin eine Nervensäge, aber ich hab wirklich Probleme.«

»Probleme? Was denn für Probleme?«

»Hauptsächlich in meinem Kopf. Ich hab ihn heute in der Schule gesehen. Er sah so fantastisch aus. Er trug ...«

»Wen hast du gesehen?«

»Ihn! Jim. Jim McCone. Ich konnte nicht anders. Ich zitterte am ganzen Körper. Ich hab erst eine Gänsehaut gekriegt und dann einen Schweißausbruch.«

»Was hab ich nur verbrochen, um so büßen zu müssen?«

»Er tat so, als ob er mich nicht sehen würde, aber ich hab genau gemerkt, dass er mich beobachtet hat.

Das war wie eine Art Elektroschock. Ich weiß, dass er an mir interessiert ist. Alles, was ich tun müsste, wäre, ihn anzurufen. Ich weiß, er würde ja sagen. Ich hab den ganzen Nachmittag daheim gesessen und mir überlegt, ob ich ihn anrufen soll. Ein paarmal hab ich den Hörer in der Hand gehabt. Aber eigentlich will ich ihn nicht anrufen. Ich weiß, dass er eingebildet ist und gemein sein kann und mir wahrscheinlich nur Ärger macht. Ich fürchte, ich verliere noch die Kontrolle über mich. Dann hab ich an dich gedacht.«

»Soll ich mich darüber freuen?«

»Ich hab an dich gedacht, weil ich weiß, dass du ehrlich bist. Ich weiß, dass du ihn nicht magst. Ich dachte, ich ruf dich an und hör mir an, was du Schlimmes über ihn sagen kannst. Bitte hilf mir, Jim.«

»Ich kann nicht glauben, dass mir das hier wirklich passiert.«

»Komm schon, Jim. Erzähl mir ein paar üble Geschichten über ihn.«

»Kannst du dir eigentlich vorstellen, dass ich auch noch was anderes zu tun haben könnte?«

»Oh, tut mir Leid.«

»Du kannst ja vielleicht rumsitzen und die Zeit totschlagen, aber ich hab nicht so viel Zeit.«

»Was musst du denn machen?«

»'ne ganze Menge. Ich hab morgen eine Englischprüfung und muss heute noch dreißig Seiten von diesem langweiligen Buch lesen.«

»Welchem langweiligen Buch?«

»›Der alte Mann und das Meer‹. Dann muss ich den Dichtungsring vom Wasserhahn in der Küche auswechseln. Der Hahn tropft ständig, und ich hab meiner Mutter versprochen, es zu richten.«

»Warum kann dein Vater das denn nicht machen?«

»Weil er nicht weiß, wie es geht. Alles, was er kann, ist, vor dem Fernseher zu hocken, sobald er von der Arbeit nach Hause gekommen ist, und Bier zu trinken. Er redet kaum mit jemandem, geschweige denn, dass er irgendwas erledigt.«

»Hört sich ähnlich an wie bei meinem Vater.«

»Und dann beschwert er sich noch ständig. Wenn irgendjemand anders sich unterhält, lacht oder singt, regt er sich auf.«

»Singt deine Mutter?«

»Nein.«

»Also, wer singt dann?«

»Na ja – ich zum Beispiel.«

»Du singst?«

»Ja, ich singe.«

»Kein Witz? Du singst wirklich?«

»Na und?«

»Aber das ist ja toll. Du hast eine schöne Stimme. Ich meine, ich höre dich ja reden. Ich mag Musik – besonders die Bee Gees und K.C. and the Sunshine Band.«

»Sie sind nicht schlecht.«

»Was für eine Art Lieder singst du denn?«

»Ich schreibe sie selbst.«

»Im Ernst?«

»Ja! Ich schreibe für mich selbst.«

»Aber das ist ja toll. Ich kenne ein Mädchen, das auch Lieder schreibt und sie singt. Kathy Snyder. Sie hat eine fantastische Stimme. Kennst du sie auch? Kathy Snyder?«

»Nein.«

»Sie ist im Schulchor. Sie ist aber auch schon öfter allein aufgetreten. Bist du auch im Schulchor?«

»Nein.«

»Weshalb denn nicht?«

»Die machen nicht die Art von Musik, die mir gefällt. Nur so Jingle-Bells-Zeug. Ich hab keine Zeit für diese Art von Liedern.«

»Aber Kathy ist wirklich gut. Und sie lassen sie dort auch ihre eigenen Lieder aufführen. Bist du noch nie bei einem der Konzerte gewesen?«

»Nein, ich interessiere mich nicht für Amateurarbeit.«

»Amateurarbeit? Bist du nicht auch ein Amateur?«

»Nein ... Ich bin Profi.«

»Du meinst, dass du mit dem Singen auch Geld verdienst?«

»Natürlich. Vielleicht nicht viel. Aber ich krieg immer mehr Auftritte.«

»Ganz alleine?«

»Manchmal. Manchmal mit einer Gruppe.«

»Spielst du auch ein Instrument?«

»Elektrogitarre.«

»Wirklich?«

»Hör mal, ich hab wirklich viel zu tun. Ich will nicht unhöflich sein, aber ich glaube, du musst mit deinen Problemen selbst fertig werden.«

»Das versuch ich ja auch. Wirklich.«

»Ich kenn dich zwar nicht, aber du hörst dich eigentlich recht nett an.«

»Nein, das ist nicht wahr. Für dich hör ich mich wahrscheinlich wie eine dumme Gans an. Ich hab dich ja ziemlich genervt.«

»Ist schon in Ordnung. Vergiss es.«

»Ich bin bestimmt nicht immer so. Die meiste Zeit bin ich sogar ziemlich cool. Da bringt mich nichts so schnell aus der Ruhe. Außer, wenn es um Jim McCone geht. Wenn es um ihn geht, dreh ich einfach durch.«

»Aber warum denn?«

»Das frage ich mich ja selbst. Es gibt genug Jungs, die sich für mich interessieren. Ich hab noch nie Schwierigkeiten gehabt, einen Freund zu finden. Seit ich an der High School bin, hab ich schon vier gehabt.«

»Das ist nicht wenig.«

»Und noch ein paar dazwischen, die gar nicht richtig zählen. Aber bei Jim McCone ist alles anders. Ernst. Schon die ganzen letzten Jahre denke ich an ihn. Selbst wenn ich andere Freunde hatte, musste ich an ihn denken. Wenn er sich um mich bemüht hätte, hätte ich sie alle für ihn aufgegeben.«

»Er wechselt seine Freundinnen wie Hemden.«

»Ich weiß, dass er das tut. Aber ich denke immer, mit mir wäre es sicher anders. Ich würde ihn verstehen.«

»Was gibt's da zu verstehen? Er ist einfach eine Ratte.«

»Ah!«

»Eine faule, bösartige Ratte. Er ist ein schlechter Freund. Er leiht sich Geld und zahlt es nie zurück. Er bohrt ungeniert in aller Öffentlichkeit in der Nase. Er hält sich für den Größten, nur weil er mehr Klamotten als andere besitzt, und seine Mutter darf zwei Jobs gleichzeitig haben, damit sie das bezahlen kann. Er hat keinen einzigen eigenen Gedanken im Kopf. Wenn er überhaupt etwas denkt, dann denkt er nur an sich selbst. Ich sag ihm jedes Mal, was er für ein verdammter Hohlkopf ist. Und dass ihn Mädchen nur als Sexobjekt interessieren. Ist es das, was du sein möchtest – ein Sexobjekt?«

»Danke, Jim. Vielen Dank.«

»Für was denn?«

»Für deine Hilfe. Ich versuch doch, über ihn wegzukommen. Ich versuch es wirklich.«

»Du kannst es auch. Versuch, dich mit anderen Dingen zu beschäftigen.«

»Danke, Jim.«

»Gern geschehen.«

»Gute Nacht, Jim.«

»Gute Nacht.«

Donnerstagabend

»Hallo!«

»Hallo, Jim?«

»Angie?«

»Da haben wir's. Du weißt schon, wer dran ist.«

»Nur wegen deiner Stimme, Angie. Ich würde deine Stimme überall erkennen.«

»Weshalb das denn?«

»Na ja – es ist eine ungewöhnliche Stimme.«

»Was ist ungewöhnlich an meiner Stimme?«

»Nichts. Nichts. Vergiss es.«

»Nein. Ich will wissen, was du gemeint hast. Damit, dass du meine Stimme überall erkennen würdest?«

»Na ja ... sie ist eben ... na ja ... anders.«

»Was meinst du mit anders? Lachst du? Ich glaube, du lachst. Ich glaube, du lachst mich aus.«

»Ich lache nicht. Ich meine, ich lache nicht richtig ... nicht wegen dir ... ich ...«

Sie konnte hören, wie er gluckste, versuchte, die Gluckser zurückzuhalten. Sie wusste, dass er über sie lachte. Sie mochte es nicht, wenn jemand über sie lachte, besonders nicht Leute, die sie gar nicht kannte.

Sie hätte am liebsten losgeheult, ihn angeschrien, damit er aufhörte.
»Du kannst mich mal!«, schrie sie und legte auf.

Donnerstagabend
fünfzehn Minuten später

»Hallo!«

»Hallo.«

»Hör mal, Angie, tut mir Leid. Ich wollte dir nicht wehtun. Ich hätte dich schon angerufen und mich entschuldigt, aber ich hatte ja deine Nummer nicht.«

Keine Antwort.

»Angie?«

Keine Antwort.

»Hör mal, ich weiß, dass du dran bist. Ich kann dich atmen hören. Hast du eine Erkältung oder so was? Du atmest ziemlich laut.«

»Nein, ich atme überhaupt nicht laut. Ich kaue an meinen Fingernägeln. Ich kaue immer an meinen Fingernägeln, wenn ich nervös bin.«

»Also, Angie, hast du gehört? Es tut mir Leid. Okay?«

»Nein, es ist gemein, über jemand zu lachen für etwas, wofür derjenige gar nichts kann.«

»Ich weiß. Es tut mir ja leid.«

»Die Leute lachen immer über meine Stimme. Weil

sie so quieksig ist. In der Grundschule haben sie mich immer Minni Maus gerufen. Da haben sie auch schon über mich gelacht.«

»Mach dir einfach nichts daraus.«

»Es ist leicht, so was zu sagen, wenn mit einem selbst alles in Ordnung ist. Was ist denn bei dir nicht in Ordnung?«

»Ich ... Ich ... Ich ...«

»Na also. Du hast wahrscheinlich nichts, was nicht in Ordnung ist.«

»Bei jedem ist irgendwas nicht ganz so in Ordnung.«

»Ich wette, bei dir aber nicht. Du hast eine tolle Stimme, eine richtig imponierende, tiefe Stimme. Und ich wette, du siehst auch gut aus. Bestimmt bist du groß, dunkelhaarig und gut aussehend. Stimmt's?«

»Nein, bin ich nicht. Ich bin ... ich bin blond.«

»Auch egal. Aber wahrscheinlich hast du riesige blaue Augen.«

»Na ja, sie sind schon blau.«

»Und ich wette, dass niemand über dich lacht.«

»Ich lasse niemanden über mich lachen.«

»Da siehst du's – bei dir traut sich niemand. Genau wie mit McCone. Du kannst ihm alles Mögliche ins Gesicht sagen, ohne dass etwas passiert, und das kannst du bei jedem. Aber für mich ist das nicht so einfach. Ich bin klein. Ich hasse es, klein zu sein. Meine Freundin Betty Lyons sagt immer, sie wäre lieber klein. Sie ist ungefähr eins siebzig groß und wirklich gut gebaut. Aber sie lebt die ganze Zeit auf Diät. Ich kann essen, was ich will, und nehm trotzdem nicht zu oder wachse. Ich bin klein und unauffällig, und das werde ich auch bleiben. Dabei möchte ich so gerne groß und bedeutend sein.«

»Du kannst auch bedeutend sein, obwohl du klein bist.«

»Nein, das kann man nicht. Wenn du klein bist, dann fühlst du dich immer klein. Du benimmst dich auch entsprechend. Jeder sagt, ich sei süß. Aber wer möchte denn süß sein? Niemand nimmt mich ernst. Ich will, dass man mich ernst nimmt.«

»Jeder möchte etwas Besonderes werden.«

»Was möchtest du denn werden, Jim?«

»Ich? Ich möchte Rocksänger werden.«

»Aber das bist du doch schon. Du bist noch so jung. Du hörst dich an, als ob du ungefähr in meinem Alter wärst – sechzehneinhalb –, und du bist schon Profi. Wie alt bist du denn?«

»Ich? Ich … ich … bin siebzehn.«

»Ich werde im März siebzehn. Wann hast du denn Geburtstag?«

»Im Oktober.«

»Dann belegen wir vielleicht mal die gleichen Kurse.«

»Hmm, hm.«

»In welchem Hausaufgabenzimmer bist du denn?«

»Keinem.«

»Wieso in keinem?«

»Sag ich dir nicht.«

»Warum denn nicht?«

»Weil ... weil eben.«

»Weil du nicht möchtest, dass ich dich kenne. Weil du denkst, ich hänge dann vor deinem Zimmer rum und nerve dich. Du denkst, ich komme zu dir und erzähl dir all meine Sorgen. Du denkst ...«

»Angie.«

Er konnte komische Geräusche durch das Telefon hören. Kleine, unterdrückte Gluckser.

»Angie?«

Keine Antwort, aber die Geräusche blieben. Da musste er lachen, denn er wusste, sie lachte auch. Es war besser, zusammen zu lachen. Schließlich sagte sie wieder was.

»Ist dir klar, dass du Recht hast? Ich würde dich wahrscheinlich wirklich nerven, wenn ich wüsste, wer du bist. Ich würde mit all meinen Problemen zu dir kommen. Und außerdem ist es vielleicht sowieso besser, so wie es ist. Ich möchte ja auch nicht, dass du weißt, wer ich bin.«

»Warum denn nicht?«

»Na ja – weil ich gerne mit dir rede. Irgendwie finde ich es gut, dir all diese Dinge zu erzählen, die ich niemandem sonst erzählen würde. Zum Beispiel, dass ich auf Jim McCone stehe. Und was ich von mir selbst erzählt hab. Und … na ja … viele andere Dinge.«

»Welche anderen Dinge?«

»Die heben wir uns für ein anderes Mal auf.«

»In Ordnung. Aber du bist nicht sauer?«

»Nein, ich bin nicht sauer. Wie kann man auf jemanden sauer sein, den man gar nicht kennt? Wie kann man auf eine Stimme sauer sein?«

»Das ist richtig.«

»Gute Nacht, Jim.«

»Gute Nacht, Angie.«

Freitagabend, etwas früher

»Hallo!«

»Hallo, Jim.«

»Hallo, Angie!«

»Stör ich dich gerade?«

»Nein, passt schon. Ich bin gerade mit Abendessen fertig. Warte bloß einen Moment! Ich will nur noch den letzten Bissen … Mmm. So. Aber du bist heute früh dran. Wie kommt das?«

»Weil heute Freitag ist.«

»Und?«

»Ich dachte, du hast später vielleicht keine Zeit mehr. Ich wollte dich noch erwischen, bevor du weggehst.«

»Ach so – ja, stimmt. Gehst du heute Abend auch weg, Angie?«

»Ja, ich geh tanzen.«

»Mit wem denn?«

»Ach, mit so 'ner Clique. Niemand bestimmtes, nur ein paar Leute, die gerne tanzen. Tanzt du gerne?«

»Ich? Klar … klar tanz ich gerne.«

»Wo gehst du denn immer so hin?«

»Ich? Ach … mal da, mal dort.«

»Warst du schon mal in der neuen Disco am Lincoln?«

»Klar.«

»Oder im Flaters on Union?«

»Ja, ja, auch.«

»Vielleicht hast du mich gesehen.«

»Vielleicht.«

»Vielleicht haben wir sogar miteinander getanzt. Wäre das nicht lustig, Jim, wenn wir miteinander getanzt hätten und wüssten es nur nicht? Das wär doch was.«

»Meistens singe ich ja.«

»Heute Nacht auch?«

»Ja, heute auch.«

»Wo denn?«

»Ach, in einer kleinen Kneipe. Nur eine Stehkneipe, ziemlich klein. Sie zahlen nicht viel, aber ich kenne den Besitzer. Ich tu ihm damit einen Gefallen.«

»Spielst du alleine oder mit einer Gruppe?«

»Heute Abend? Mit einer Gruppe.«

»Wie groß ist die denn?«

»Ach, nur drei Leute. Wir sind zu dritt. Noch ein Typ, ich und ein Mädchen.«

»Und was spielen sie?«

»Der Typ spielt Schlagzeug und das Mädchen … sie singt auch. Und sie spielt Gitarre.«

»Ist sie gut?«
»Ziemlich.«
»Ist sie ... deine Freundin?«
»Nein. Wir sind nur geschäftlich zusammen.«
»So ist es wahrscheinlich auch besser. Aber Jim, ich möchte dich noch was fragen. Ich wollte dich gestern schon fragen, aber dann hab ich es doch nicht getan. Es gibt immer so viel zu reden mit dir. Und dann hab ich noch nicht mal die Hälfte von dem gesagt, was ich sagen wollte.«
»Ist ja witzig.«
»So ist es aber. Mit dir kann ich mich einfach so unterhalten. Ich hab echt noch nie einen Jungen getroffen, mit dem ich mich so leicht unterhalten konnte.«
»Mich hast du auch noch nicht getroffen.«
»Vielleicht ist es gerade deshalb. Vielleicht könnten wir kein einziges Wort miteinander reden, wenn wir uns treffen würden. Vielleicht könnten wir uns überhaupt nicht leiden.«
»Vielleicht würden wir uns auch gar nicht bemerken. Das wäre vielleicht noch schlimmer. Aber was hast du mich fragen wollen, Angie?«
»Ach so – ja. Weißt du, ich glaube, es war am Mittwoch, da hast du gesagt, ich soll doch einfach an andere Dinge denken. Du hast gesagt, wenn ich über

Jim McCone wegkommen wollte, sollte ich mich auf andere Dinge konzentrieren.«
»Stimmt.«
»Und das wollte ich dich fragen. Welche anderen Dinge denn?«
»Soll das ein Scherz sein?«
»Nein. Es ist mein Ernst.«
»Na ja, ich weiß doch auch nicht so genau – für was interessierst du dich denn so?«
»Na ja, Tanzen macht mir Spaß.«
»Dann geh eben öfter tanzen.«
»Aber da geht's ja schon wieder los. Wenn ich mit einem anderen Jungen tanze, fällt mir nur auf, dass niemand so gut tanzen kann wie Jim McCone.«
»Also gut, was machst du denn sonst noch gerne?«
»Mir fällt überhaupt nichts mehr ein.«
»Welche Hobbys hast du denn?«
»Gar keine.«
»Hast du nicht gesagt, dass du gerne Musik hörst, Angie?«
»Klar. Ich liebe Musik.«
»Na, dann hör Musik. Es gibt doch zurzeit mehr als genug gute Platten, die du dir anhören kannst.«
»Aber wenn ich Musik höre, dann denke ich … na ja, dann denke ich an Liebe. Und wenn ich an Liebe denke, dann bin ich schon wieder bei Jim gelandet.

Du siehst, das ist gar nicht so einfach. Es läuft doch immer wieder auf das Gleiche hinaus.«
»Ich werd einfach nicht schlau aus dir, Angie.«
»Was meinst du damit?«
»Ich bin mir einfach nicht sicher, ob du mich wirklich im Ernst fragst oder ob das alles nur Theater ist.«
»Aber wie kommst du denn darauf?«
»Na ja, manchmal hört sich das alles so ... so ...«
»Wie an?«
»Ich suche nach dem richtigen Wort.«
»Ich warte.«
»Also, werd nicht gleich wieder sauer, aber manchmal hört sich das alles ziemlich ... unreif an.«
»Ich werde im März siebzehn.«
»Ich weiß. Aber wenn du zum Beispiel so Sachen sagst wie: An was soll ich nur denken, damit ich nicht an Jim McCone denken muss ... na ja ...«
»Na ja was?«
»Na ja, es hört sich schon ein bisschen albern an, um ehrlich zu sein. Woher soll ich wissen, an was du denken sollst? Es ist eine merkwürdige Frage an jemanden, den man nicht einmal kennt.«
»Finde ich gar nicht.«
»Also gut, nehmen wir an, ich würde dich fragen. Nehmen wir an, ich würde dir erzählen, dass ich

über irgendein Mädchen wegkommen möchte. Nehmen wir an, ich hätte dich gefragt, wie ich das anstellen sollte und an was anderes ich denken sollte. Was würdest du mir sagen?«

»Ich würde dir sagen, du solltest mehr weggehen. Ich würde dir sagen, du solltest nicht zu Hause sitzen und an sie denken. Dass du versuchen solltest, nicht mehr mit ihr zusammenzutreffen. Wenn sie in deine Schule ginge, müsstest du woanders lang gehen, wenn sie dir entgegenkäme. Ich würde dir raten, irgendwelchen Clubs beizutreten, viele neue Leute kennen zu lernen, mit einem anderen Mädchen wegzugehen. Ich würde dir raten, schwimmen, kegeln oder Ski fahren zu gehen. Du müsstest dich selbst zur Ordnung rufen und dir sagen: Schluss jetzt, das war's. Sie ist es nicht wert.«

»Na bitte. Damit hast du ja alles gesagt.«

»Und du siehst, dass es gar nicht eine so merkwürdige Frage ist.«

»Gut. Aber du hast sie selbst beantwortet. Besser als ich es gekonnt hätte. Du hättest mich gar nicht zu fragen brauchen. Du hast es schon selbst gewusst.«

»Das stimmt wahrscheinlich.«

»Du brauchst nur ein bisschen mehr Selbstvertrauen, Angie. Ich denke, das ist dein eigentliches Problem.«

»Meinst du wirklich?«

»Ja, ich denke, du musst nur an dich glauben. Du hast doch was im Kopf. Ich meine, ich glaube es jedenfalls. Du musst dich nicht dumm und unsicher benehmen.«

»Das stimmt. Ich bin ziemlich unsicher.«

»Aber warum denn?«

»Vielleicht, weil ich so klein bin.«

»Wie klein bist du denn überhaupt?«

»Ich bin gerade einen Meter und dreiundfünfzig Zentimeter groß.«

»Das ist für ein Mädchen doch gar nicht so klein.«

»Es ist für jeden klein. Es gibt niemanden, der mich nicht überragt. Ich bin die Kleinste in der ganzen Familie. Meine Eltern sind beide durchschnittlich groß, und meine Schwestern sind auch größer als ich. Selbst meine kleine Schwester Dinah. Sie ist erst vierzehn und schon zehn Zentimeter größer.«

»Denk doch einfach nicht mehr daran. Es kommt schließlich nur auf das Innere an, das zählt.«

»Für dich ist es leicht, das zu sagen. Du bist wahrscheinlich groß genug. Wie groß bist du denn eigentlich?«

»Ich? Oh … vielleicht eins siebzig.«

»Na bitte. Jeder ist größer als ich, und jeder sieht auf mich herab.«

»Wer ist jeder?«
»Meine ganze Familie. Nichts, was ich mache, ist richtig.«
»Aber du hast doch schließlich auch Freunde, oder? Und du hast kürzlich selbst gesagt, dass du schon mit etlichen Jungs gegangen bist.«
»Ja, das ist kein Problem. Aber ... aber ...«
»Aber was?«
»Na ja, die auch ... Die denken meistens, weil ich klein bin und angeblich so süß, dass ich ein dummes, kleines Blondchen bin. Selbst du hast gesagt, ich sei albern.«
»So hab ich das nie gesagt. Ich hab nur gesagt, manchmal hört sich was albern an, was du sagst.«
»Na ja, wenn du mich sehen würdest, dann würdest du auch denken, ich wäre immer albern, weil ich so klein und hilflos aussehe.«
»Vielleicht liegt die Schuld bei dir.«
»Bei mir!«
»Ich meine, vielleicht benimmst du dich auch so.«
»Denkst du, ich mache es absichtlich? Denkst du vielleicht, ich sage zu mir: Okay, Angie, sieh diesen blöden Kerl doch mal an, als ob er Superman wäre. Vielleicht fühlt sich der Idiot dann noch größer und wichtiger neben dir kleinem Dummchen. Zeig ihm bloß nicht, wie gescheit du in Wirklichkeit bist. Und

wie grantig. Weil die Jungen schuld daran sind, dass du dich so blöd benimmst. Weil es deren Schuld ist. Und vielleicht ist es auch nicht deren Schuld. Vielleicht ist es wirklich meine Schuld. Vielleicht muss ich dieses blöde Spielchen ja auch nicht mitspielen. Vielleicht ginge es mir wesentlich besser, und ich könnte mich auch viel besser leiden, wenn ich nicht mitspielte.«

»Wow!«

»Oje, was war denn jetzt mit mir los? Ich weiß ehrlich gesagt auch nicht, warum ich plötzlich so aus der Haut gefahren bin.«

»Du bist wirklich einmalig.«

»Ich hab das vorher noch nie zu jemandem gesagt. – Nicht einmal zu mir selbst.«

»Angie, weißt du was?«

»Was denn?«

»Du brauchst mich wirklich nicht mehr um Rat zu fragen. Vielleicht sollte ich dich mal konsultieren.«

»Keine Chance. Ich rede und rede. Und dabei weiß ich immer noch nicht sehr viel über dich. Das ist meine Schuld. Ich müsste mal den Mund halten. Dann könnten wir auch über dich reden.«

»Ein andermal.«

»Ja, Jim, ein anderes Mal.«

»Viel Spaß heut Abend, Angie.«

»Dir auch, Jim.«
»Gute Nacht.«
»Gute Nacht.«

Montagabend

»Hallo!«

»Hallo, Jim.«

»Angie? Was war denn mit dir los?«

»Nichts war mit mir los. Warum?«

»Na ja, du hast am Samstag und am Sonntag nicht angerufen.«

»Ich dachte, du brauchst vielleicht ein freies Wochenende.«

»Oh!«

»Heißt das, du hast mich vermisst?«

»Na ja ...«

»Na komm, Jim, sag es. Ich glaube, du hast mich vermisst.«

»Okay, okay. Ich hab dich vermisst.«

»Du, das ist großartig, weißt du das? Ich hätte nämlich am liebsten angerufen. Wirklich. Ich musste immer an dich denken. Ich hätte so viel mit dir zu bereden gehabt. Aber ich sagte mir: Nein. Er ist bestimmt beschäftigt. Er möchte nicht von mir genervt werden.«

»Nein, Angie, du nervst mich nicht. Ich mag es, wenn du anrufst. Ruf ruhig weiter an.«

»Jeden Tag?«
»Klar. Außer natürlich, wenn du was zu tun hast.«
»Na ja, selbst wenn ich viel zu tun hab, Zeit zum Anrufen hab ich meistens. Wir dürfen außerdem telefonieren, so viel wir wollen. Ich hab auch meinen eigenen Apparat, das heißt, meine Schwestern und ich haben zusammen einen Apparat. Pat benutzt ihn selten. Sie ist neunzehn und geht aufs City College. Sie lernt die ganze Zeit. Meine Eltern tun so, als ob sie die Einzige in der Familie wäre, auf die es ankommt. Sie sind derartig stolz auf sie, dass es kaum zum Aushalten ist.«
»Warum sind sie denn so stolz auf sie?«
»Weil sie so gescheit ist. Sie will Rechtsanwältin oder vielleicht sogar Richterin werden. Die Noten hat sie ja dazu. Sie hat schon immer die besten Noten gehabt. Deshalb wird sie mir auch ständig als Vorbild hingestellt. ›Weshalb kannst du nicht ein bisschen mehr wie deine Schwester sein?‹ – ›Weshalb kannst du nicht auch so viel lernen wie sie?‹ – ›Weshalb nimmst du dir nicht an ihr ein Vorbild?‹ – ›Weshalb hörst du nicht damit auf, du selbst sein zu wollen?‹«
»Die Ältesten werden meistens als Vorbild hingestellt. Ich hab auch eine ältere Schwester.«
»Einen Bruder hast du auch, oder?«

»Ja, er ist jünger als ich. Fünfzehn. Und dann hab ich noch eine kleine Schwester, Ellen. Sie ist acht Jahre alt und ein Luder. Niemand wird mit ihr fertig. Meine Mutter verwöhnt sie nach Strich und Faden.«

»Es ist blöd, in der Mitte zu sein. Du bist auch mittendrin, genau wie ich. Wir haben vieles gemeinsam.«

»Mein Vater ist am schlimmsten. Mit jedem sonst komm ich ganz gut aus, bloß mit ihm nicht.«

»Mein Vater ist gar nicht so schlecht. Ich denke, wenn meine Mutter ihn nicht ständig drängeln würde, wäre er gar nicht so übel. Eigentlich mag er mich nämlich recht gern, glaube ich. Manchmal hab ich schon gedacht, er mag mich am liebsten, weil ... Ach, da haben wir's schon wieder.«

»Was ist denn los?«

»Ach, weil ich schon wieder nur von mir rede. Ich will doch gar nicht ständig über mich selbst reden. Ich wollte doch auch über dich reden. Ich meine, dass du etwas von dir erzählst. Mach weiter.«

»Mach weiter womit?«

»Erzähl von dir.«

»Hör mal, Angie, was soll denn das? Ich bin doch schließlich kein Fernseher, den man ein- und ausschalten kann. Klick – red weiter oder so.«

»Ist ja gut, ist ja gut, sei doch nicht gleich sauer. Du kannst aber auch ganz schön pampig werden.«
»Genau wie du.«
»Da haben wir noch was gemeinsam. Egal, du hast was von deinem Vater gesagt. Was ist mit deinem Vater?«
»Ich kann ihn nicht ausstehen.«
»Deinen Vater?«
»Ja, meinen Vater. Ich kann ihn nicht ausstehen, und ich würde am liebsten hier ausziehen und nie wieder zurückkommen.«
»Wie ist er denn?«
»Er ist ein Großmaul, ein richtiger Trampel. Er denkt, er wohnt alleine hier. Wenn er ein Bier will, denkt er nicht einmal daran, selbst aufzustehen und sich eine Minute vom Fernseher wegzubewegen. Er schreit nur nach meiner Mutter. Sie darf ihn von vorne bis hinten bedienen. Sie ist seine Sklavin.«
»Warum tut sie es denn?«
»Weil sie auch nicht ganz dicht ist. Ach, nein, ich meine, sie ist gar nicht so übel, aber manchmal nervt es sie natürlich auch, ihm alles hinzutragen, dann lässt sie es an uns aus. Meistens an mir. Meinem Vater gefällt es, wenn meine Mutter sich ärgert. Darüber kann er dann lachen, dass die Wände wackeln. Er ist ziemlich groß und fett. Erzähl mir bloß was

von wegen klein und unbedeutend. Er ist groß und fett und laut und der unbedeutendste Mensch, der je gelebt hat.«

»Das hört sich wirklich nicht so an, als ob du ihn mögen würdest.«

»Ihn mögen! Ich hab dir ja gesagt, ich kann ihn nicht ausstehen. Und er mich auch nicht. Wenn er zu Hause ist, kann ich überhaupt nicht mehr üben. Er dreht den Fernseher auf volle Lautstärke, aber wehe, ich spiele Gitarre oder singe.«

»Wann übst du denn dann?«

»Muss ich machen, wenn er nicht daheim ist. Wenn er arbeitet oder wenn meine Mutter es mal geschafft hat, ihn an einem Wochenende irgendwohin mitzuschleifen.«

»Aber mit deinen Freunden kannst du dann doch wenigstens üben?«

»Welchen Freunden?«

»Den beiden von deiner Gruppe.«

»Ja … stimmt … mit denen. Aber das ist nicht das Gleiche.«

»Das ist ein Jammer. Ist er denn gar nicht stolz auf dich?«

»Weshalb denn?«

»Dass du Musik machst. Es gibt ja nicht viele in unserem Alter, die schon einen solchen Job haben.«

»Ihn würde es auch nicht interessieren, wenn ich die Hitliste anführen würde. Er hat für Musik überhaupt kein Interesse. Nicht nur für Rockmusik – jede Art von Musik.«

»Welche Art Musik machst du denn?«

»Meistens Rock ... manchmal ein bisschen Country.«

»Sag mal, Jim ...«

»Was denn?«

»Ich würde so gerne mal ein Lied von dir hören. Würdest du mir eines vorspielen?«

»Du meinst, am Telefon?«

»Klar.«

»Hmm ... das ist aber nicht das Gleiche.«

»Na ja, das weiß ich auch. Genauso, wie es was anderes ist, eine Kassette zu hören als ein Livekonzert. Aber immerhin besser als gar nichts. Ach bitte, Jim.«

»Du willst wirklich eins von meinen Liedern hören?«

»Ja, bitte. Ich wollte dich schon länger darum bitten.«

»Na ja ...«

»Komm schon, Jim.«

»Also gut, aber ich muss leise singen. Mein alter Herr sitzt unten vor dem Fernseher. Wenn er mich spielen hört, geht er an die Decke.«

»Ganz wie du willst, Jim.«

»Vielleicht hole ich besser meine Gitarre dazu. Warte einen Moment.«

»Mach ich.«

Sie konnte ihn herumlaufen und seine Gitarre stimmen hören. Es war richtig aufregend. Schließlich nahm er den Hörer wieder auf.

»Hallo, Angie?«

»Ja, ich bin immer noch dran.«

»In Ordnung. Also hör zu. Ich werde eins meiner älteren Lieder spielen. Dieses hier hab ich vor mehr als einem Jahr geschrieben. Es ist nicht so besonders, aber dafür kann ich es am besten spielen. In letzter Zeit habe ich etwas schwierigere Sachen gemacht.«

»In Ordnung, Jim. Fang an.«

»Ich leg den Hörer neben mich und versuch, so nah wie möglich ranzugehen, damit du gut mithören kannst.«

»In Ordnung.«

Sie hörte ein paar Klänge, und dann begann er zu singen. Seine Stimme wurde manchmal etwas schwächer. Aber sie konnte jedes Wort des Liedes verstehen:

Draußen im Regen, draußen im Sturm
lass ich mich treiben vom Winterwind.
An dich denk ich und an die schöne Zeit,
die nun vergangen, sie scheint so weit.

Denk auch an mich in Stunden der Einsamkeit,
an einen Freund, der dich stets geliebt;
denk an den Freund, draußen im Winterwind,
und an die Zeiten, die längst vergangen sind.

Er ließ den Regen und den Sturm auf seiner Gitarre erklingen. Die letzten beiden Zeilen des Liedes spielte er nur auf einer Saite. Das klang traurig und einsam.

Sie wartete noch ein paar Sekunden, nachdem er aufgehört hatte zu singen. Sie hörte, dass er etwas schneller atmete.

Dann sagte sie leise: »Jim.«

»Ja?«

»Jim – das war ein schönes Lied, so traurig, es hat so viel ausgedrückt.«

»Ja, es klingt ein wenig traurig. Ich weiß gar nicht, weshalb ich gerade dieses ausgewählt habe. Die meisten anderen sind schneller und lustiger.«

»Aber Jim, es war unheimlich schön.«

»Wirklich?«

»Es hat mir so gut gefallen, Jim. Und deine Stimme! Du hast eine so gute Stimme.«

»Hat es dir wirklich gefallen?«

»Ich dachte, du hättest eine noch tiefere Stimme beim Singen, aber da wird sie viel heller. Trotzdem hört es sich wirklich saugut an. Du klingst ein bisschen wie Elton John.«

»Ich kann auch tiefer singen. Manchmal singe ich tiefer.«

»Aber es ist ein schönes Lied – es geht einem richtig aufs Gemüt. Ich kann gar nicht glauben, dass du es selbst geschrieben hast.«

»Ich hab es vor ungefähr einem Jahr geschrieben. Aber du bist die Einzige, die es jemals gehört hat.«

»Wieso? Hast du es nie bei einem deiner Auftritte gesungen?«

»Oh … nein … nein, hab ich nicht. Es ist irgendwie ein besonderes Lied. Mehr persönlich.«

»Du solltest es auch bei deinen Auftritten singen, Jim. Es würde den Leuten gefallen. Du bist wirklich talentiert.«

»Dein Ernst?«

»Sonst würde ich es ja nicht sagen. Ehrlich bin ich nämlich, Jim. Ich sage immer die Wahrheit. Ich hab viele Fehler, aber gelogen hab ich noch nie. Ich bin immer ehrlich, genau wie du.«

»Genau wie ich?«

»Und du bist wirklich gut, Jim. Wirklich.«

»Danke. Es bedeutet mir viel, dass du das sagst. Angie?« Er konnte eine Stimme im Hintergrund hören. Obwohl sie den Hörer mit der Hand abgedeckt haben musste, konnte er sie sagen hören: »Kannst du mich nicht ein einziges Mal in Ruhe lassen!« Dann gingen zornige Stimmen eine Weile hin und her. Jetzt war sie wieder dran.

»Jim?«

»Ja?«

»Du, es tut mir Leid, aber ich muss jetzt Schluss machen. Meine Mutter will schon wieder was von mir. Aber ich wäre gerne noch weiter dran geblieben und hätte dir beim Singen zugehört.«

»Ein andermal, Angie.«

»Ja. Wir haben ja Zeit.«

»Gute Nacht, Angie.«

»Gute Nacht.«

Dienstagabend

»Hallo!«

»Hallo. Ist Jim da?«

»Nein. Wer ist denn dran?«

»Eine Freundin, Angie. Hm, wann wird er denn ungefähr zurück sein?«

»Vielleicht in einer Stunde oder so. Soll er zurückrufen?«

»Nein, danke. Ich … Ich weiß nicht, wo ich dann gerade bin. Wenn Sie ihm vielleicht ausrichten könnten, dass Angie angerufen hat und dass ich später noch mal anrufe.«

»Mach ich.«

»Danke schön.«

»Wiederhören.«

Dienstagabend eineinhalb Stunden später

»Hallo!«

»Hallo, Jim?«

»Nein, hier ist Ellen.«

»Ach, Jims kleine Schwester.«

»Ja, und wer ist dort?«

»Eine Freundin von Jim.«

»Kenne ich dich?«

»Nein, ich glaube nicht.«

»Woher weißt du dann, dass ich Jims kleine Schwester bin?«

»Er hat mir mal von dir erzählt.«

»Wie heißt du denn?«

»Angie.«

»Und wie noch?«

»Hör mal, Ellen, ist Jim zu Hause? Ich wollte eigentlich mit ihm sprechen.«

»Nein. Er ist nicht da.«

»Na gut. Kannst du ihm vielleicht einen Zettel hinlegen?«

»Warte mal, ich hol einen Stift. – Also gut, was soll ich schreiben?«

»Schreib bitte, dass Angie angerufen hat und dass ich ihn morgen so um halb neun wieder anrufe.«

»Warte ... Ich schreibe ... Angie hat angerufen ... Wie schreibt man Angie?«

»A–N–G–I–E.«

»Gut. Warte, bis ich alles habe.«

»Ich warte.«

»Hast du nicht schon mal angerufen?«

»Ja, hab ich.«

»Meine Mutter hat nämlich so was gesagt. Sie hat gesagt, dass sie dich gar nicht kennt. Bist du Jims Freundin?«

»Nein, wir sind einfach so befreundet.«

»Dann bin ich beruhigt. Ich mag nämlich Lisa Franklin. Ich hoffe, die beiden vertragen sich wieder.«

»Oh ... ist ... war Lisa seine Freundin?«

»Ja – 'ne ganz schön lange Zeit – bis sie sich dann getrennt haben.«

»Wann war das denn?«

»Vor ein paar Monaten. Aber sie telefonieren noch manchmal. Und jetzt sag nichts mehr, bis ich mit Schreiben fertig bin ... Morgen um halb neun. In Ordnung, ich hab's.«

»Danke.«

»Tschüss.«

Mittwochabend

»Hallo!«

»Hallo, Jim.«

»Angie?«

»Was war denn gestern mit dir los? Ich glaube, ich hab gestern mit deiner halben Familie gesprochen.«

»Tut mir Leid. Meine Großmutter war krank, und meine Schwester und ich mussten hin und aushelfen. Wir mussten für sie einkaufen und sauber machen. Das dauerte bis spät in die Nacht. Ich hätte dich ja angerufen, aber ich wusste nicht wie.«

»Vielleicht sollte ich dir doch mal meine Nummer geben. Was meinst du?«

»Ich weiß nicht. Was meinst du denn?«

»Na ja, einerseits fände ich es schon ganz gut, wenn du mich auch anrufen könntest, aber andererseits auch wieder nicht. Irgendwie ist es so, wie es ist, schon in Ordnung. Es hat etwas Geheimnisvolles.«

»Das finde ich auch. Also lassen wir es so, wie es ist.«

»Es war ja nur so schlimm, weil ich gestern unbedingt noch mit dir reden wollte. Ich konnte es kaum erwarten. Und dann haben sie mir überhaupt nichts sagen können. Nicht, wo du warst oder wann du wieder da bist.«

»Meine Mutter redet nie sehr viel. Dafür hört Ellen kaum auf zu reden.«

»Sie hörte sich wirklich süß an.«

»Sie hat nichts weiter gesagt, oder?«

»Was meinst du denn?«

»Sie hat nichts über mich erzählt, oder?«

»Nicht viel. Aber weißt du, Jim, ich muss dir nämlich was erzählen. Etwas Wichtiges.«

»Was denn?«

»Es ist gestern in der Schule passiert. Ich konnte es kaum erwarten, dir davon zu erzählen. Es war schon schlimm genug, auf den Abend zu warten, um dich endlich anrufen zu können. Und dann warst du nicht da, sodass ich noch einmal einen ganzen Tag lang warten musste.«

»Was ist denn passiert, Angie? Was ist denn?«

»Er hat was zu mir gesagt.«

»Er?«

»Jim. Jim McCone.«

»Ach, er!«

»Warte nur, bis du alles gehört hast. Ich bin den Flur entlanggerannt, um noch rechtzeitig in meine Stunde zu kommen, und plötzlich stand er da. Er stand genau vor mir. Ich musste einen richtigen Bogen machen, um an ihm vorbeizukommen. Er lächelte mich an. Er sah mich an und lächelte.«

»Herzlichen Glückwunsch!«

»Nein – warte! Also, ich bin ihm ausgewichen und weitergerannt, und er schrie mir nach: ›He, Angie, wo brennt's denn?‹«

»Und was hast du geantwortet?«

»Gar nichts.«

»Und was ist dann passiert?«

»Na ja, passiert ist nichts. Aber hast du es denn gar nicht begriffen? Er hat was zu mir gesagt.«

»Wahnsinn!«

»Es ist Wahnsinn! Du hast ja keine Ahnung, wie viele Mädchen in der Schule dafür sterben würden, dass er nur mal ›Entschuldigung‹ zu ihnen sagt.«

»Angie, ist es das, was du nicht erwarten konntest, mir zu erzählen?«

»Nein, nein, das ist nicht das Wichtige daran. Das Wichtigste ist, dass ich einfach weitergegangen bin. Ich bin nicht stehen geblieben. Ich hab ihm nicht geantwortet. Verstehst du nicht, Jim, ich mach mir gar nichts mehr aus ihm!«

»Oh!«

»Es ist vorbei, Jim. Er interessiert mich nicht mehr. Ich steh auf ihn, seit ich an der High School bin, und jetzt ist er mir auf einmal gleichgültig.«

»Das freut mich.«

»Es ist nur wegen dir, Jim. Du hast mir geholfen. Ich kenne dich erst seit letztem Montag. Aber du hast mir geholfen zu sehen, was für eine Null er in Wirklichkeit ist. Wenn du nicht gewesen wärst, würde ich ihm bestimmt jetzt gerade die Füße lecken.«

»Du meinst, er ist dir wirklich egal? Das ist ja großartig, Angie. Ein Mädchen wie du ist nicht auf jemand wie ihn angewiesen. Ein Mädchen wie du braucht einen richtigen Freund.«

»Das stimmt. Ich weiß nicht, was ich überhaupt jemals in ihm gesehen habe. Es war nur die Fassade. Irgendwelche inneren Werte hat der ja gar nicht. Er ist oberflächlich und an mir eigentlich gar nicht interessiert. Wenn ich in seiner Nähe war, konnte ich auch nie richtig ich selbst sein.«

»Man muss sich selbst immer treu bleiben, Angie. Wenn man vorgeben muss, jemand anders zu sein, ist das nicht gut.«

»Ich höre dir so gerne zu, Jim. Du bist immer so ehrlich und sagst alles frei raus. Bei dir braucht man nicht drum herum zu reden.«

»Angie ...«

»Was denn?«

»Ach, nichts.«

»Kann ich dich etwas fragen, Jim?«

»Natürlich, Angie.«
»Hast du eine Freundin?«
»Nein.«
»Hattest du schon mal eine?«
»Ja, hatte ich.«
»Wahrscheinlich schon eine ganze Menge.«
»Ich hatte … ein paar. Aber jetzt bin ich mit Musikmachen beschäftigt. Ich habe keine Zeit mehr für was anderes.«
»Das ist aber schade.«
»Was ist schade?«
»Dass du meinst, eine Freundin würde dich beim Musikmachen stören. Wenn sie eine richtige Freundin wäre, dann könnte sie dir ja helfen. Ich meine, sie könnte sich deine Lieder anhören und dich auf neue Ideen bringen oder so was.«
»Ja, wenn sie die Richtige wäre.«
»Erzähle mir von ihnen.«
»Von wem?«
»Von deinen früheren Freundinnen.«
»Da gibt's nicht viel zu erzählen.«
»Erzähl mir von der Letzten. Wie war sie denn so?«
»Sie … sie … war ein nettes Mädchen.«
»Ach, komm schon, Jim, ich hab dir so viel von mir erzählt, und du erzählst mir nie etwas von dir. Also, wie war sie?«

»Na, sie war eben in Ordnung. Aber sie wollte dauernd was von mir. Sie wollte ständig irgendwelche Sachen machen, die mich überhaupt nicht interessierten.«

»Was denn zum Beispiel?«

»Zum Beispiel ins Kino gehen. Ständig wollte sie ins Kino.«

»Was denn noch?«

»Sie ließ mich keine Minute alleine. Sie wollte, dass ich ständig mit ihr zusammen war. Ich brauch aber noch genug Zeit für mich selbst. Zeit, um Musik zu machen, zum Beispiel. Ich mag nicht ständig gedrängelt werden.«

»Nein, natürlich nicht. Also, was ist passiert? Hat sie Schluss gemacht?«

»Nein, ich. ›Es klappt eben nicht mit uns‹, hab ich ihr gesagt. Ich hätte es ihr schon früher sagen sollen, aber sie hat mir Leid getan, und ich wollte ihr nicht wehtun.«

»Du bist aber wirklich lieb und rücksichtsvoll.«

»Na ja, sie war ja auch recht nett. Das sagte ich ihr auch. Ich sagte: ›Lis‹ – ich meine, ich sagte ihr: ›Du bist ein netter Kerl, und du brauchst jemand, der anders ist als ich.‹«

»War sie sauer?«

»Na klar war sie sauer.«

»Hat sie dir gesagt, du sollst noch warten, es noch einmal mit ihr versuchen?«

»Ja, hat sie. Sie wollte nicht, dass Schluss war. Sie wollte es noch einmal versuchen. Sie sagte, wenn ich ihr noch eine Chance geben würde, dann würde sie sich auch ändern.«

»Oh – sie hat dich wirklich gemocht.«

»Ja, ich glaube schon. Sie ... hat sogar geweint. Sie ... bat mich weinend, nicht Schluss zu machen. Ich versuchte, ihr zu erklären, dass das für sie bestimmt nicht besser wäre. Dass wir eben nicht zusammen passen. Dass sie immer sie selbst bleiben müsse. Sie konnte doch schließlich nicht sich selbst völlig ändern nur mir zuliebe. Niemand sollte das tun.«

»Aber ist es dir nicht auch schlecht gegangen? Ich meine wegen ihr?«

»Natürlich ist es mir auch schlecht gegangen. Schließlich hört man nicht auf, jemand zu mögen, nur weil die Beziehung nicht geklappt hat. Das hab ich ihr auch gesagt. Ich hab ihr gesagt, dass ich sie immer gern hätte und auch immer ihr Freund bliebe. Ich hab sogar noch ein Lied für sie geschrieben.«

»Echt? Spielst du es mir vor?«

»Warum nicht? Wenn du es wirklich hören willst.«

»Mach schon, Jim. Los, fang an.«

Er legte den Hörer hin. Sie konnte hören, wie er seine Gitarre holte und stimmte, sich bereitmachte, ihr vorzusingen.
»Angie, bist du noch dran?«
»Ich warte.«
»Also dann.«

Ich bleib dein Freund,
auch wenn alles vorüber ist;
ich bleib dein Freund
und bin für dich da.

Glaube mir, glaube mir,
ich bleib dein Freund,
egal, was geschieht.

Ich denk an dich
und mag dich noch immer,
sind die Zeiten der Liebe
auch längst dahin.

Glaube mir, glaube mir,
ich bleib dein Freund,
egal, was geschieht.

»Aber das war ja wahnsinnig gut«, sagte sie, als er den Hörer wieder aufnahm. »Traurig und melancholisch. Ich glaube, wenn ich es gewesen wäre – ich meine, wenn jemand mit mir Schluss gemacht hätte, ich glaube, ich wäre so stolz, wenn er ein Lied nur für mich alleine geschrieben hätte. Ich meine, manche Leute haben ihr ganzes Leben gelebt, ohne dass irgendjemand für sie ein Lied geschrieben hat – nur für sie allein. Aber es ist wieder ein trauriges Lied. Schreibst du immer traurige Lieder, Jim? Oder schreibst du manchmal auch lustige?«
»Dann hör mal zu, Angie.«

Wenn ich aufwach am Morgen,
bin ich glücklich und froh,
es gibt keine Sorgen,
und schuld dran bist du.

Du bist die Sonne,
um die ich mich dreh;
ich denk nur an dich,
wo ich geh oder steh.

Das war ein so vergnügtes Lied, dass sie lachen musste.
»Spitze, Jim. Ganz ehrlich!«

»Es ist ganz neu, Angie. Ich hab es am Wochenende geschrieben.«
»Im Ernst?«
»Im Ernst. Ich hab mich so großartig gefühlt dieses Wochenende. Deshalb hab ich das Lied geschrieben.«
»Und warum hast du dich so großartig gefühlt, Jim?«
»Das erzähl ich dir ein anderes Mal.«
»Wann denn?«
»Weiß noch nicht.«
»Morgen?«
»Vielleicht.«
»Ich kann aber nicht bis morgen warten.«
»Gute Nacht, Angie.«
»Gute Nacht, Jim.«

Donnerstagabend

»Hallo!«

»Hallo, Jim.«

»Hallo, Angie. Du bist pünktlich. Es ist genau acht Uhr dreißig.«

»Also auf meiner Uhr ist es schon acht Uhr zweiunddreißig. Ich hab extra noch zwei Minuten gewartet, damit du nicht denkst, ich könnte es gar nicht erwarten.«

»Das würde ich bestimmt nicht denken, Angie. Besonders nicht, nachdem ich schon seit Viertel nach acht hier sitze. Ich wollte nicht, dass jemand anders drangeht, wenn du anrufst. Und außerdem hatte ich Angst, es könnte jemand anders anrufen und die Leitung besetzen.«

»Ich hätte so oft angerufen, bis frei gewesen wäre.«

»Das ist gut.«

»Wo bist du eigentlich, Jim?«

»Na, notwendigerweise zu Hause.«

»Nein, ich meine, wo genau du bist und wie es da aussieht. Ich möchte wissen, wie es bei dir aussieht.«

»Na gut. Also, ich bin in meinem Zimmer. Es ist

allerdings nicht nur mein Zimmer, ich teile es mit meinem Bruder.«

»Erzähl mir, wie es da aussieht. Erzähl mir alles ganz genau und lass nichts aus.«

»Also gut. Ich sitze auf meinem Bett.«

»Wie sieht es aus?«

»Es ist ein ganz normales Bett.«

»Welchen Bettüberwurf?«

»Keinen. Ich hab einfach eine rote Decke darüber.«

»Welche Farbe hat die Bettwäsche?«

»Angie!«

»Na, los. Ich möchte mir alles genau vorstellen können.«

»Es ist eben eine normale Bettwäsche. So 'ne Art Blau, schon etwas älter.«

»Weiter.«

»Warte mal. Mein Bruder hat eine blaue Decke auf seinem Bett. Er hat einen Schreibtisch, und ich hab einen Schreibtisch. Er hat auf seiner Seite die ganze Wand voll mit seinem Baseballzeugs – Wimpel und so von den San Francisco Giants und noch ein paar anderen Mannschaften.«

»Welche denn zum Beispiel?«

»Willst du das wirklich wissen?«

»Alles. Ich will genau wissen, wie es um dich herum aussieht.«

»Also gut. Aber dann musst du mir auch erzählen, wie es in deinem Zimmer aussieht.«

»Ich hab gehofft, dass du das sagst, und vorsichtshalber schon mal mein Zimmer aufgeräumt. Aber erzähl du weiter. Welche Mannschaften noch?«

»Warte mal. Ich hasse Baseball und hab deshalb auch nie besonders drauf geachtet. Er hat einen Oakland As-Wimpel, einen von den Cincinnati Reds, einen L.A. Dodgers, einen Boston Red Sox-Wimpel und ein paar Poster von Spielern.«

»Welche denn?«

»Von Johnny Bench, George Foster, Vida Blue und warte mal – wer ist das denn –, ach, Willie McGovey.«

»Gut. Weiter.«

»Also, an meiner Seite des Zimmers hab ich Poster von meinen derzeitigen Lieblingsgruppen.«

»Welche sind das denn?«

»Elton John, Fleetwood Mac, Linda Ronstadt.«

»Findest du, dass sie gut aussieht?«

»Na, und ob!«

»Gefällt dir Olivia Newton-John auch?«

»Klar.«

»Mir gefällt sie auch. Hast du sie in ›Grease‹ gesehen? Auf den Film bin ich total abgefahren.«

»Ja, hab ich auch gesehen.«

»Wie hat dir die Musik gefallen?«
»Nur so lala.«
»Aber John Travolta war wirklich toll.«
»Er kann überhaupt nicht singen.«
»Er braucht auch gar nicht zu singen. Aber erzähl weiter. Was gibt's noch?«
»Nicht viel mehr. Vorhänge.«
»Welche Farbe?«
»Blau. Meine Mutter hat sie für uns genäht, als wir noch klein waren. Sie sind schon ziemlich alt.«
»Was ist mit dem Boden?«
»Blauer Teppich – über das ganze Zimmer. Aber jetzt bin ich an der Reihe. Wie sieht es denn in deinem Zimmer aus?«
»Es ist klein, aber recht hübsch. Ich hab es für mich alleine.«
»Ganz alleine?«
»Ja, weil es auch so klein ist. Pat und Dinah teilen sich ein großes Zimmer. Aber ich bin lieber alleine, auch wenn das Zimmer sehr klein ist.«
»Also, was ist alles drin?«
»Ich – natürlich erst mal.«
»Hahaha!«
»Und jede Menge Lippen.«
»Lippen?«
»Hm, ja. Ich sammle Lippen. Ich habe acht Lippen-

Kissen. Meine Freunde und Freundinnen schenken mir auch immer zu Weihnachten oder zum Geburtstag irgendwas mit Lippen. Vier Kissen sind nur einfach rote Lippen. Zwei sind rote Lippen mit weißen Zähnen, und die anderen beiden sind rosa.«

»Das ist ja was ziemlich Ausgefallenes zum Sammeln.«

»Da siehst du mal, wie wenig du noch über mich weißt.«

»Erzähl weiter!«

»Ich hab zwei Poster von Lippen. Das eine Paar raucht eine Zigarette, und die Lippen bilden ein O. Der andere Mund ist gespitzt zum Küssen. Ich hab einen weißen Lippen-Blumentopf mit einer Pflanze darin. Und ich hab zwei Lippen-Anstecker, der eine ist rosa, der andere rot. Der eine ist traurig, der andere lacht. Meine Vorhänge sind schwarz und weiß mit roten Lippen. Ich hab sie selbst genäht, und mein Bettüberwurf ist einfach rosa ohne Lippen. Ich hab auch noch ein Poster von John Travolta. Er hat tolle Lippen. Ich weiß nicht, ob du das jemals bemerkt hast.«

»Nein, hab ich nicht.«

»Dann hab ich da noch ein Poster von einem tollpatschigen kleinen Tigerbaby.«

»Welche Lippen hat das denn?«

»Und einen Schreibtisch, einen Stuhl und eine kleine Truhe. Das ist alles, wofür hier Platz ist. Ach ja, und auf dem Fußboden liegt ein roter Teppich. Der ist wirklich hübsch. Du solltest ihn mal sehen.«
»Ob das wohl jemals passiert?«
»Darüber wollte ich auch mit dir sprechen.«
»Angie.«
»Was denn?«
»Ich hab gestern Abend ein neues Lied geschrieben. Nachdem wir telefoniert hatten.«
»Singst du es mir vor, Jim?«
»Wenn du es hören möchtest.«
»Ich möchte alle deine Lieder hören.«
»Bleib dran, Angie. Ich hole nur meine Gitarre.«
Diesmal schlug ihr Herz etwas schneller. Sie wusste, jetzt würde etwas passieren. Sie wusste nicht genau, was passieren würde, aber sie spürte, dass etwas in der Luft lag.
Er begann, leise zu spielen.

Sanft spür ich deine Finger
in dem Klang deiner Stimme,
und der Hall deiner Worte
klingt lange noch nach.

Deine Stimme im Dunkel,
sie zeigt mir den Morgen;
deine Worte, sie dringen
mir tief in das Herz.

Ist dein Gesicht auch verborgen,
danach frage ich nicht;
denn ich liebe das Mädchen
und nicht ihr Gesicht.

Als er fertig war, wartete er darauf, dass sie etwas sagte, aber sie schwieg.

»Angie.«

»Ja, Jim?«

»Ich habe es für dich geschrieben, Angie. Es ist dein Lied. Ich hab es ›Angies Lied‹ genannt.«

»Noch nie hat jemand für mich ein Lied geschrieben. Und was für ein Lied! Ich hab noch nie so ein schönes Lied gehört.«

»Und es ist mein Ernst, Angie. Ich meine es auch so.«

»Ach, Jim, das ist schön, weil … weil, mir geht's mit dir nämlich genauso.«

»Ist das nicht verrückt? Es ist noch nicht einmal zwei Wochen her, und wir kennen uns kaum.«

»Doch, Jim, tun wir. Wir kennen uns sogar gut. Ich

hab das Gefühl, ich kenne dich viel besser als jeden anderen Jungen, den ich getroffen habe.«

»Ach, Angie, was sollen wir nur tun?«

»Was wir tun müssen, Jim. Wir müssen uns treffen.«

»Nein, das dürfen wir nicht! Nein, wir dürfen nicht!«

»Warum denn nicht?«

»Weil es nicht richtig wäre. Wir müssen es so lassen, wie es ist, wenn wir es nicht kaputtmachen wollen. Es darf sich nichts ändern.«

»Es wird sich doch auch nichts ändern. Es wird nur besser werden.«

»Nein! Nein!«

»Aber warum regst du dich denn so auf, Jim? Was ist denn los?«

»Lass uns erst mal einfach nur Gute Nacht sagen, Angie. Ich muss über das Ganze nachdenken. Aber ich lieb dich wirklich, Angie. Glaub mir.«

»Ich lieb dich auch, Jim. Du wirst schon sehen. Es wird alles nur besser werden.«

»Gute Nacht, Angie.«

»Gute Nacht, Jim.«

Freitagabend

»Hallo, Angie!«

»Hallo, Jim.«

»Hallo.«

»Hallo.«

»Ich hab an dich gedacht.«

»Ich hab auch an dich gedacht.«

»Was hast du denn gedacht?«

»Nein, Jim, du zuerst.«

»Ich hab zuerst gefragt.«

»Okay, ich sag dir, was ich gedacht hab. Ich hab gedacht, wie glücklich ich doch bin. GLÜCKLICH! Ich hab es überall hingeschrieben. Ich hab es sogar auf den Badezimmerspiegel heute Morgen geschrieben – mit Lippenstift! GLÜCKLICH! Das bin ich. Ich hab eine falsche Nummer gewählt und hab dich am Apparat. Es hätte sonst wer sein können, aber du warst es.«

»Und was ist mit mir? Was mir passiert ist? Ich hab dich gefunden und überhaupt nichts dazu getan. Ich hab einfach nur zu Hause gesessen, und das Telefon hat geklingelt. Alles, was ich getan hab, war, den Hörer abzunehmen. Und da warst du.«

»Ich möchte, dass es nie aufhört, Jim.«

»Ich auch, Angie. Ich möchte, dass wir immer und immer so weitermachen.«

»Aber Jim ...«

»Nein, sag nichts. Lass mich ausreden. Ich hab über uns beide nachgedacht. Ich glaube, wir haben es richtig gemacht. So, wie es ist, ist es richtig. Lassen wir es dabei.«

»Aber Jim, vielleicht kann es viel besser werden.«

»Wie kann es noch besser werden?«

»Weil es erst der Anfang ist. Ich meine, wir wissen doch schon so viel voneinander. Manchmal geht man mit jemandem monatelang und kennt den anderen trotzdem kaum. Vielleicht mag man die Art, wie er tanzt oder wie er aussieht oder sich anzieht. Aber man weiß nicht, wie er im Inneren ist. Wir haben genau andersrum angefangen. Wir kennen jeder das Innere vom anderen. Wir wissen viel über uns. Dadurch wird der Rest ganz einfach sein.«

»Nein, wird es nicht.«

»Aber warum denn nicht, Jim? Wir könnten zusammen sein. Richtig zusammen. Wir könnten uns nach der Schule treffen. Wir könnten zusammen was essen. Wir könnten uns irgendwo hinsetzen und reden und ... na ja ... wir könnten eben zusammen sein.«

»Nein, nein!«
»Aber wir können doch nicht immer so weitermachen, Jim.«
»Nein – vielleicht nicht immer. Aber noch eine Weile, Angie. Lass es noch eine Weile dabei.«
»Ich versteh einfach nicht warum, Jim. Außer du … du …«
»Was?«
»Außer du meinst, dass du dich vielleicht für mich schämen musst. Ist es das, Jim? Du denkst, du musst dich mit mir schämen?«
»Mit dir schämen?«
»Weil ich so klein bin und dir vielleicht nicht gut genug. Vielleicht schämst du dich dafür. Vielleicht möchtest du nicht, dass dich deine Freunde mit mir sehen.«
»Ach, Angie, das ist es ganz bestimmt nicht. Wenn du nur wüsstest.«
»Ich glaube, ich muss jetzt Gute Nacht sagen, Jim.«
»Nein, Angie, warte noch einen Moment.«
»Nein, ich will jetzt aufhören.«
»Du weinst, Angie. Hör mir doch mal einen Moment zu.«
»Gute Nacht, Jim.«
»Angie! Angie! Warte, Angie!«

Montagabend

»Hallo!«

»Hallo, Jim.«

»Angie, wie hast du nur so gemein sein können? Ich hab das ganze Wochenende praktisch neben dem Telefon gesessen und auf deinen Anruf gewartet.«

»Ich musste ein bisschen nachdenken, Jim. Ich hab ein bisschen Zeit gebraucht.«

»Angie ...«

»Warte. Lass mich erst reden. Ich erzähl dir, was bei meinem Nachdenken rausgekommen ist. Ich finde nämlich, dass wir für zwei, die sich mögen, es uns ganz schön schwer gemacht haben.«

»Es war mein Fehler.«

»Na ja, ich weiß auch nicht so genau, wessen Fehler es nun war, und vielleicht ist das auch ganz egal. Ich mag dich, Jim, und ich möchte dich nicht verlieren.«

»Ich mag dich auch, Angie.«

»Also, dann machen wir einfach weiter. Wir wollen gar nichts überstürzen. Wenn du noch ein bisschen warten möchtest, kann ich das, glaube ich, akzeptieren. Ich verstehe zwar nicht, warum – vielleicht glaube ich, es zu wissen –, aber ich werde jedenfalls warten.«

»Angie, ich hab dich so vermisst.«

»Ich habe dich auch vermisst. Deshalb weiß ich auch, dass ich ohne dich nicht sein möchte. Ich hab es versucht. Ich bin am Samstag und am Sonntag mit meinen Freunden tanzen gegangen. Ich bin den ganzen Tag rumgebummelt. Ich bin Samstag einkaufen gegangen. Ich hab mir noch einen Lippenanstecker gekauft. Jetzt hab ich drei. Sonntagnachmittag bin ich in den Park Rollschuh laufen gegangen. Ich hab viel gelacht und mit meinen Freunden rumgealbert. Aber ich weiß nicht, wann ich ein mieseres Wochenende hatte.«

»Gib mir nur ein bisschen mehr Zeit, Angie. Ich muss dir vorher noch Etliches erzählen. Das könnte vielleicht etwas verändern.«

»Nichts, was du sagst, kann was verändern.«

»Vielleicht doch. Vielleicht findest du Sachen über mich heraus, die dir gar nicht gefallen. Vielleicht bist du überrascht.«

»Sicher werd ich überrascht sein. Es gibt vieles, was ich über dich nicht weiß, aber es wird keinen Unterschied machen. Was ich von dir weiß und an dir mag – wie du aussiehst, deine Ehrlichkeit und deine Lieder …«

»Nimm nur mal an … nimm mal an … ich weiß gar nicht, wie ich anfangen soll, aber … nimm mal an, ich würde gar keine Lieder schreiben.«

»Das wärst nicht du.«

»Dann nimm mal an … nimm an … nimm an, ich wäre nicht ganz ehrlich. Nimm an, es gibt Dinge an mir, die ich dir noch nicht erzählt hab.«

»Niemand ist perfekt, Jim. Das hast du selbst gesagt.«

»Aber Angie, es gibt viele Dinge an mir, die nicht perfekt sind.«

»An mir auch. Bei jedem. Weißt du, du musst dir nur andere anschauen, die wirklich Probleme haben. Hör mal zu. Heute hab ich mich wirklich so gefühlt, als müsste ich mich mal wieder aufpeppen. Also hab ich meine drei Lippenanstecker alle auf einmal an meinem hellroten Pulli getragen. Das war schon extra auffallend. Vielleicht zu arg, weil dann dieser komische Typ mir hinterhergelaufen ist. Er ist ganz plötzlich stehen geblieben, als wir uns im Flur begegnet sind. Er hat sogar ein anderes Mädchen, Julie Burns, gefragt, wer ich bin. Ich hab mir dann gedacht, ich hoffe bloß, der läuft mir nicht nach.«

»Vielleicht hat er gar nicht dich gemeint.«

»Hat er aber.«

»Hast du ihn dir genauer angesehen?«

»Gut genug. Das kann ich dir sagen. Es war ein komischer kleiner Typ mit einer großen Nase. Wenn das kein Unterschied zu dir ist! Das wollte ich dir klarmachen. Egal, welche Probleme du hast, wenn du an so einen kleinen, komisch aussehenden Typ wie den denkst, ist das gar nichts dagegen, das musst du zugeben.«

»Aber ich denke ja an ihn. Ich denke viel an ihn.«

»Was meinst du damit?«

»Nun ja, woher willst du wissen, wie er ist, Angie? Wie kannst du wissen, ob er nicht innerlich ein wunderbarer Mensch ist?«

»Ich will es gar nicht wissen.«

»Aber das ist dumm und oberflächlich. Du solltest es doch inzwischen besser wissen. Schließlich warst du jahrelang hinter Jim McCone her, nur weil er gut aussieht. Dann hat sich herausgestellt, dass du deine Zeit verplempert hast. Was ist er denn in Wirklichkeit für ein Mensch? Was weiß er von anderen Leuten – über deren Gefühle und Träume? Gar nichts. Weil er innen hohl ist. Vielleicht ist dieser komisch aussehende kleine Typ mit der großen Nase innerlich ein wundervoller Mensch. Vielleicht würdest du ihn wirklich mögen, wenn du ihn näher kennen lernen würdest. Vielleicht ist er ein Dichter. Vielleicht ist er …«

»Vielleicht ist er mir egal. Vielleicht bist du mir aber nicht egal, Jim. Über dich möchte ich reden. Sag mir doch endlich, weswegen du dir Sorgen machst. Im Moment läuft doch alles bestens für dich. Was ist denn los?«

»Ich kann es dir nicht sagen, Angie. Jetzt nicht.«

»Warum denn nicht? Vielleicht kann ich dir helfen.«

»Nein, das glaube ich nicht. Ich glaube, du wirst mich hassen, wenn ich dir die Wahrheit sage.«

»Welche Wahrheit? Bist du ein Mörder? Oder was? Oh … mein Gott … ist es das? Bist du schwul?«

»Spinnst du?«

»Gott sei Dank, das ist es nicht. Lachst du etwa, Jim? Großartig! Du lachst.«

Sie fing auch an zu lachen.

Sie lachten beide.

»Du bist wirklich witzig, Angie.«

»Es ist doch besser zu lachen, als traurig zu sein, oder?«

»Du hast Recht.«

»Also, dann lass uns zufrieden sein. Wir haben es so gut. Wir haben einander. Es wird alles gut werden. Du wirst schon sehen.«

»Vielleicht hast du recht, Angie. Aber ich will dich noch was fragen. Was wäre, wenn ich anders wäre.

Wenn ich anders aussehen würde, wenn ich keine Lieder schreiben würde, wenn …«

»Das wärst nicht du, Jim. Ich liebe dich, so wie du bist, Jim.«

»Okay, Angie. Lassen wir es einfach noch ein bisschen so, wie es ist.«

»Und lass uns guter Laune sein, Jim, in Ordnung?«

»In Ordnung, Angie.«

»Gute Nacht, Jim.«

»Gute Nacht, Angie.«

Dienstagabend

»Hallo!«

»Hallo. Ist Jim da?«

»Einen Moment bitte, er isst gerade zu Abend.«

»Tut mir Leid, dass ich störe, es wird nicht lange dauern.«

»Hallo?«

»Hallo, Jim, Liebling. Ich bin's.«

»Angie! Du bist früh dran.«

»Ich kann heute nicht sehr lange reden. Meine Mutter hat Geburtstag, und wir gehen alle essen und danach ins Kino.«

»Wie soll ich jemals diesen Abend überstehen?«

»Vielleicht kann ich später noch mal kurz anrufen, zwischendurch. Jim, hat dir irgendjemand schon mal gesagt, dass du die allergöttlichste Stimme hast, die ein männliches Wesen überhaupt haben kann?«

»Hm.«

»Wer? Ich bringe sie um.«

»Du.«

»Na gut, das ist erlaubt. Was gibt's bei euch zu essen?«

»Fisch.«

»Igitt! Ich hasse Fisch.«
»Wie kann man Fisch hassen?«
»Ganz einfach. Aber wie kann man ihn mögen? Ist das deine Mutter, die ruft?«
»Nein, es ist ein Nebelhorn, das irgendwo bläst.«
»Witzbold! Ich mach jetzt lieber Schluss.«
»Nein.«
»Ich ruf später noch mal an.«
»Versprochen?«
»Versprochen. Hier ist noch ein Kuss, damit du über die Runden kommst.«
»Mmm!«
»Tschüss, Jim.«
»Tschüss, Angie.«

Dienstagabend, später

»Hallo!«

»Hallo, Jim.«

»Hallo, Angie. Wo bist du denn?«

»Im Kino. Es läuft ein toller Film mit Dustin Hoffman. Ich mag ihn, obwohl er irgendwie komisch aussieht.«

»Weshalb musst du bloß immer nach dem Aussehen gehen.«

»Mach ich das?«

»O ja, das machst du. Das Aussehen ist nicht alles.«

»Nein, nicht alles. Du hast Recht. Egal, der Film ist ziemlich traurig. Ich hoffe, er geht noch gut aus. Ich mag es lieber, wenn es ein Happyend gibt.«

»Ich auch.«

»Ich bin froh, Jim, dass ich weiß, dass wir beide – dass wir ein Happyend haben werden.«

»Wir haben jedenfalls einen wundervollen, glücklichen Anfang gehabt, Angie, nicht wahr?«

»Auf jeden Fall. Ich muss jetzt gehen. Gute Nacht, Liebling, gute Nacht, Jim.«

»Gute Nacht, Angie.«

Donnerstagabend

»Hallo!«

»Hallo.«

»Angie?«

Keine Antwort.

»Angie, bist du das?«

»Angie, ich weiß, dass du es bist.«

»Ja, ich bin es.«

»Warst du gestern krank, Angie? Hast du deshalb nicht angerufen? Ich dachte, du musst krank sein.«

»Nein, ich war nicht krank.«

»Was ist dann passiert, Angie? Ich hab die ganze Zeit neben dem Telefon gesessen und mir Sorgen gemacht. Weshalb hast du nicht angerufen?«

»Ich hab mich nicht danach gefühlt.«

»Warum nicht? Was ist gestern passiert? Deine Stimme – sie hört sich so komisch an.«

»Deine Stimme hört sich überhaupt nicht komisch an, Jim. Sie klingt so wie immer. Vielleicht ein bisschen nervös, aber es ist die gleiche tiefe, göttliche Stimme.«

»Irgendetwas stimmt nicht. Ich höre es an deiner Stimme. Angie, was ist los? Was stimmt nicht?«

»Man kann es einer Stimme nicht immer anhören, dass etwas nicht stimmt. Manchmal kann eine Stimme auch täuschen. Manchmal könnte man schwören, dass einem eine Stimme die Wahrheit sagt, zum Beispiel. Es ist komisch, Jim, wie eine Stimme einen täuschen kann. Selbst eine tiefe, schöne Stimme wie deine.«

»Angie … hör mir zu, Angie. Bevor du weiterredest, will ich dir etwas von mir beichten. Angie, ich wollte es dir schon lange sagen.«

»Nein, Jim, es ist zu spät. Ich erzähl dir, was mir gestern passiert ist. Dann weißt du auch, weshalb ich gestern Abend nicht angerufen hab. Willst du das nicht wissen, Jim? Willst du nicht wissen, was gestern passiert ist?«

»Ich bin mir nicht sicher, ob ich es wirklich wissen will.«

»Na gut, ich werde es dir trotzdem erzählen. Erinnerst du dich noch an diesen komischen kleinen Typ, von dem ich dir erzählt habe – der mit …«

»Der mit der großen Nase? Ja, ich erinnere mich daran.«

»Na ja, er war gestern wieder da – diesmal, als die Mathestunde aus war. Er tat so, als ob er mich nicht sehen würde, als ich rauskam. Er ist schnell fortgegangen, als ich aus der Tür kam. Aber ich wusste, dass er auf mich gewartet hatte. Hörst du mir zu, Jim?«

»Ja, ich hör zu.«

»Ich glaube, ich sagte was zu meiner Freundin Sharon, und ich glaube, wir lachten beide. Ich fragte sie, ob sie wüsste, wer er sei. Sie sagte nein. Aber da war noch ein anderes Mädchen, sie hieß Lisa Franklin. Sie hat ihn auch gesehen. Sie sagte, sie wüsste, wer er sei. Kennst du sie, Jim? Ein Mädchen, das Lisa Franklin heißt?«

»Ja, ich kenne sie.«

»Also, sie sagte, sie wüsste, wer er sei. Sie sagte, dass sie mal mit ihm gegangen sei. Sie wurde richtig böse auf uns, weil wir über ihn lachten. Sie sagte, es sei gemein, über Leute zu lachen, die nichts für ihr Aussehen könnten. Sie sagte, er könne ja schließlich nichts dafür, dass er … dass er …«

»Dass er so eine große Nase hat. Erzähl weiter.«

»Sie schien ein sehr nettes Mädchen zu sein.«

»Das ist sie auch. Sie ist ein sehr nettes Mädchen.«

»Und sie sieht auch nicht schlecht aus. Ihre Haut ist nicht ganz in Ordnung, aber sie hat ein nettes Lächeln.«

»Erzähl weiter.«

»Wir aßen zusammen Mittag. Ich hatte mich vorher nie länger mit ihr unterhalten, aber irgendwie kam sie mir vertraut vor. Zuerst wusste ich nicht, was es war. Sie erzählte uns von ihm – ihrem früheren Freund. Wir hätten beinahe wieder gelacht. Manches, was sie erzählte, war so lustig, dass ich fast laut gelacht hätte.«

»Hör mal, ich glaube, wir sollten jetzt Schluss machen.«

»Nein, lass mich zu Ende reden!«

»Also gut, mach weiter. Bring es zu einem Ende.«

»Es hörte sich an, als ob er der totale Versager wäre. Sie kannte ihn schon seit der dritten Klasse. Ihre Mütter waren befreundet, und so hatten sie schon von klein auf zusammen gespielt. Damals schon tat er ihr Leid, und sie ließ es nicht zu, dass andere Leute ihn hänselten. Sie sagte, dass Jim McCone der Schlimmste gewesen sei. Er hätte ihn ständig aufgezogen und über ihn gelacht, wegen seiner … wegen seiner …«

»… Nase. Sag's nur, Angie, wegen seiner Nase.«

»Ja, wegen seiner Nase. Na ja, er tat ihr einfach Leid, und so ist sie auch seine Freundin geworden. Eigentlich wollte sie es gar nicht richtig. Sie hatte genug Freunde, aber er nicht. Er war sehr schüchtern. Er hatte keine Freunde. Er war sehr einsam und wollte die ganze Zeit mit ihr zusammen sein. Er hat sie nie in Ruhe gelassen.«

»Hat sie das gesagt?«

»Das hat sie gesagt. Ich glaube auch nicht, dass sie gelogen hat.«

»Nein, sie hat nicht gelogen.«

»Schließlich sagte sie ihm, dass sie mehr Zeit für sich bräuchte. Er bat sie, nicht Schluss zu machen. Er sagte, er würde sich ändern. Aber sie sagte ihm, dass es auch für ihn besser sei. Er bräuchte seine eigenen Freunde und er müsste seinen eigenen Weg finden. Hört sich das bekannt an, Jim? Hört du zu, Jim?«

»Ich höre zu.«

»Und die ganze Zeit, als sie sprach, dachte ich mir, dass mir das alles bekannt vorkommt. Ich brauchte aber bis zum Schluss, um dahinter zu kommen. Als sie sagte, sie dächte, er sei sehr begabt. Sie erzählte, dass er sang und selbst Lieder schrieb. Aber sie erzählte, dass er sie ihr nie vorgesungen hatte. Sie sagte, dass er sogar zu schüchtern sei, um sie ihr vorzusingen. Sie hatte ihm gesagt, dass er mehr Selbstvertrauen bräuchte. Vielleicht war es nicht gut für ihn, eine Freundin zu haben, der er nicht einmal seine Lieder vorsingen konnte.«

»Sie hatte Recht.«

»Das war der Zeitpunkt, als es mir dämmerte – als sie von den Liedern erzählte. Ich sagte: ›Wie war noch mal dein Name?‹ Sie sagte: ›Lisa Franklin.‹ Da erinnerte ich mich.«

»Erinnertest dich an was?«

»An ihren Namen. Deine kleine Schwester hat mir einmal ihren Namen genannt. An dem Abend, als du nicht da warst. Deine kleine Schwester hat mir erzählt, dass der Name deiner früheren Freundin Lisa Franklin gewesen sei.«

»Du bist ja eine richtige Detektivin.«

»Also sagte ich zu ihr: ›Wie heißt er denn – dein früherer Freund?‹ Und sie sagte …«

»Er heißt Jim Holman.«

»Ich konnte es nicht glauben. Aber ich wusste, es stimmt. Ich musste aufstehen und wegrennen oder ich hätte auf der Stelle zu heulen angefangen. Ich bin einfach nach Hause gegangen. Ich ließ meine ganzen Stunden ausfallen und ging nach Hause. Niemand war daheim. Ich hab den ganzen Nachmittag geweint und den ganzen Abend. Meine Mutter dachte, ich sei krank. Ich sagte ihr, ich sei nicht krank. Aber die Wahrheit konnte ich ihr auch nicht sagen.«

»Angie, es tut mir Leid.«

»Ach, das ist ja großartig. Du denkst, du sagst einfach mit deiner tollen tiefen Stimme ins Telefon, es tut dir Leid, und dann ist alles wieder in Ordnung.«

»Nein, das denke ich nicht.«
»Du hast mich wirklich zum Narren gehalten. Junge, war ich ein Idiot, darauf hereinzufallen. Aber weshalb hast du das gemacht? Das wäre doch nicht nötig gewesen. Ich hab dir die Wahrheit gesagt. Ich hab dich nie angelogen. Warum hast du mich angelogen? Warum hast du das gemacht?«
»Angie, es tut mir Leid.«
»Und ich wette, du hast auch nie Jim McCone deine Meinung gesagt.«
»Nein, hab ich nicht.«
»Und ich wette, du bist auch noch nie irgendwo aufgetreten, stimmt's? Ein Junge, der zu schüchtern ist, selbst seiner Freundin seine Lieder vorzusingen.«
»Nein, ich bin noch nie aufgetreten. Ich hab mich noch nicht einmal getraut, im Chor vorzusingen.«
»Das wird ja immer besser. Und warum hast du dich nie getraut, im Chor vorzusingen? Du hast eine tolle Stimme. Das ist es, was du wirklich hast, eine tolle Stimme.«
»Bei dir vielleicht. Aber sonst nicht. Vielleicht wollte ich deshalb, dass du glaubst, ich sei jemand Besonderes. Ich wollte nicht, dass du nur Mitleid mit mir hast. Zuerst war es nur gut, mit dir so reden zu können, weil du mich ja nicht kanntest. Aber später, als ich anfing, dich zu mögen, da hatte ich Angst, du

würdest mich nicht mögen, so, wie ich bin. Wahrscheinlich wusste ich, dass es nicht lange dauern würde. Aber es war einfach wundervoll. Es war die schönste Zeit in meinem Leben.«

»In meinem auch. Ich konnte richtig ehrlich mit dir sein. Ist es nicht komisch – die ganze Zeit, wo du mich angelogen hast, war ich ganz ehrlich zu dir.«

»Irgendwie war ich auch ehrlich mit dir. Ich hab mich dir so gezeigt, wie ich gerne wäre, wie ich eigentlich sein möchte. Du bist die Einzige, der ich jemals meine Lieder vorgesungen habe.«

»Wieso hast du sie nie Lisa vorgesungen?«

»Wahrscheinlich, weil ich wusste, dass sie Mitleid mit mir hatte. Ich wusste, sie würde sagen, sie seien gut, selbst wenn es nicht stimmte. Nur weil ich ihr Leid tat.«

»Aber sie sind gut. Sie sind großartig.«

»Ich konnte sie dir vorsingen, weil ich wusste, dass du kein Mitleid mit mir hattest. Ich wusste, du würdest mir die Wahrheit sagen. Angie, ich hab so oft vorgehabt, dir die Wahrheit zu sagen, aber ich konnte einfach nicht. Und gestern, im Flur in der Schule, hatte ich gedacht, dass ich vielleicht mit dir reden könnte. Ich wusste nicht, dass Lisa auch in der Nähe war. Als ich sie sah, lief ich davon. Nicht wegen dir. Ich lief wegen ihr davon.«

»Warum musst du vor ihr weglaufen? Sie ist schließlich nicht mehr deine Freundin. Du schuldest ihr gar nichts.«

»Sie ist ein nettes Mädchen.«

»Vielleicht ist sie das, vielleicht aber auch nicht.«

»Was meinst du damit?«

»Wenn sie wirklich ein nettes Mädchen wäre, dann hätte sie es auch fertig gebracht, dass es dir besser ging. Du hättest ihr deine Lieder vorsingen können. Aber sie hatte Mitleid mit dir. Welches Recht hatte sie, Mitleid mit dir zu haben? Nur deswegen hast du dich dumm benommen. So, wie ich mich auch immer benommen habe, bis ... bis wir beide miteinander geredet haben.«

»Es ist nicht ihr Fehler, es ist meiner.«

»Jedenfalls hab ich gestern den ganzen Tag geheult. Heute fühl ich mich einfach nur beschissen. Zuerst dachte ich, dass ich dich nie mehr anrufen würde. Aber dann dachte ich, ich sollte es doch tun. Ich dachte, ich sollte dich anrufen, dir die Meinung sagen und Schluss machen.«

»Also los, tu es. Tu's doch! Du hast das Recht dazu.«

»Darauf kannst du Gift nehmen.«

»Also los.«

»Ach, was soll's. Du hast wahrscheinlich nicht anders gekonnt. Ich denke, du hast eigentlich nicht lügen wollen.«

»Angie, du weißt genau, dass ich es nicht absichtlich getan hab. Du weißt, ich würde dir nie wehtun wollen. Das Letzte, was ich jemals möchte, ist dir weh zu tun. Glaubst du mir das?«

»Ich weiß nicht.«

»Angie, ich schwör es dir.«

»Ich kann dir einfach nicht mehr vertrauen. Aber was soll's? Wir werden nie mehr miteinander reden.«

»Das stimmt. Mein Gott, das stimmt!«

»Also hat es auch keinen Sinn, jetzt zu schimpfen oder zu streiten. Wir vergessen einfach, was geschehen ist.«

»Ich werde es nie vergessen, Angie.«

»Ich glaube, ich werde es auch nicht vergessen. Ich werde auch nie deine Lieder vergessen. Ja – deine Lieder. Hör zu, Jim. Hör zu, du Dummkopf. Mach etwas mit deinen Liedern. Sie sind wirklich gut. Du musst etwas damit anfangen.«

»Ich weiß nicht, Angie.«

»Aber ich. Geh in den Schulchor. Hörst du? Damit fängst du an. Wenn du erst einmal auf der Bühne gestanden hast, wirst du auch mit deiner Schüchternheit fertig. Dann kannst du auch allein auftreten. Vielleicht wird es doch noch dein Beruf. Du kannst es, Jim. Versprich mir, dass du es tust.«

»Ich verspreche es.«

»Na gut, das war's dann. Mach's gut.«

»Es tut mir Leid, Angie.«

»Mir auch.«

»Tschüss, Angie.«

»Tschüss, Jim.«

Samstagmorgen, ungefähr 2 Uhr

»Hallo!«

»Hallo, Angie.«

»Du bist immer noch auf?«

»Machst du Witze!«

»Ich glaube, ich werde die ganze Nacht nicht schlafen.«

»Ich auch nicht. Ist es nicht komisch, Angie, dass jetzt ich dich anrufe?«

»Ich weiß nicht, ob ich es mag.«

»Na, du gewöhnst dich besser daran.«

»Mmm.«

»Du hörst dich heiser an, Angie.«

»Du auch, Jim.«

»Nachdem wir fast neun Stunden hintereinander miteinander geredet haben, ist es eigentlich ein Wunder, dass überhaupt noch einer von uns eine Stimme hat.«

»Ich weiß nicht, Jim. Ich glaube, du und ich – unsere Stimmen werden nie verstummen. Selbst wenn wir tot sind, werden unsere Stimmen weiter sprechen.«

»Wir werden nie sterben, Angie.«

»Das fühle ich auch irgendwie, Jim. Weißt du was?«

»Was?«

»Ich wusste, dass du am Freitag im Flur auf mich warten würdest.«

»Und ich wusste, dass du wusstest, dass ich da sein würde.«

»Es hat mir gefallen, wie du einfach ›Hallo!‹ zu Lisa gesagt hast. Wie du sie angesehen hast und gelächelt. Du hast ein nettes Lächeln, Jim.«

»Du hast auch ein nettes Lächeln.«

»Und du hast auch schöne, helle, blaue Augen. Blaue Augen, wie du gesagt hattest, und dein Haar ist – ja, auch irgendwie blond.«

»Und meine Nase ist irgendwie groß.«

»Wir wollen nicht mehr über deine Nase reden.«

»Worüber wollen wir reden?«

»Über dich und mich. Wie wir den ganzen Nachmittag und den ganzen Abend geredet haben. Wie sie uns aus der Pizzeria rausschmeißen mussten, und wie dich später meine Mutter hier rausschmeißen musste, weil es schon so spät war. Wie wir geredet und geredet und geredet haben …«

»Und wie wir deine Lippen-Sammlung durchgegangen sind. Du hast wirklich tolle Lippen, Angie.«

»Weißt du was, Jim?«

»Was?«

»Ich glaube, ich lieb dich, Jim.«

»Hör mal, Angie. Ich muss dir noch was beichten.«

»Du hast eine Bank ausgeraubt.«

»Nein.«

»Du hast deinen Vater umgebracht.«

»Nein – aber das ist gar keine schlechte Idee. Hör mal. Ich muss es einfach noch sagen.«

»Was denn?«

»Erinnerst du dich, dass ich dir erzählt habe, ich hätte im Oktober Geburtstag?«

»Stimmt, im Oktober. Bist du Waage oder Skorpion? Das hab ich ganz vergessen zu fragen. Ich bin Widder.«

»Aber, es ist nur so, dass ich dir dabei auch nicht ganz die Wahrheit gesagt habe.«

»Ich hoffe bloß, du bist kein Zwilling. Ich kann Zwillinge nicht leiden.«

»Nein, mein Geburtstag ist wirklich am 7. Oktober.«

»Also Waage. Das ist in Ordnung.«

»Aber ich hab dir erzählt, ich sei siebzehn. Das stimmt nicht. Ich bin sechzehn.«

»Heißt das, dass ich zuerst siebzehn werde?«

»Ich nehme es fast an.«

»Du meinst, ich bin älter als du?«

»Ja. Sieben Monate älter. Es heißt, dass ich mit einer älteren Frau gehe.«

»Und es heißt, dass ich Babysitter spiele.«
»Es macht dir nichts aus?«
»Es macht mir was aus, aber ich werde mich dran gewöhnen.«
»Was machen wir morgen? Ich meine heute?«
»Lass uns ein Picknick machen im Park. Wir können Boot fahren oder Rollschuh laufen, und dann am Abend können wir tanzen gehen. Jim, gehst du gerne tanzen?«
»Rate mal, Angie.«
»Ich weiß. Ich weiß. Du warst noch nie.«
»Kluges Mädchen.«
»Aber du wirst es lernen.«
»Muss ich?«
»Aber sicher. Es wird dir gut tun. Du wirst lernen, nicht mit den Füßen am Boden zu schleifen, wenn du auf der Bühne stehst ... Wenn du ein großer Rockstar werden willst, musst du wissen, wie du dich zu bewegen hast. Ich wette, du bist ein Naturtalent.«
»Ein Naturtalent in was?«
Diese Frage beantwortete sie nicht mehr. Er konnte ein lautes Klopfen an der Tür hören. Er konnte auch eine ärgerliche Stimme hören. Als sie wieder sprach, war ihre Stimme sehr leise.
»Ich glaube, ich muss jetzt Gute Nacht sagen, Jim.«

»War das deine Mutter, Angie?«
»Nein, mein Vater.«
»Weiß er, dass ich es bin?«
»Ich fürchte, ja.«
»Ich nehme an, er wird mich nicht besonders mögen.«
»Nehm ich auch an.«
»Was kann ich tun, damit er mich mag?«
»Nicht mehr anrufen.«
»Sieht nicht sehr hoffnungsvoll aus.«
»Ich lieb dich, Jim.«
»Ich lieb dich, Angie.«
»Bis heute Nachmittag.«
»Bis dann.«
»Gute Nacht, Jim.«
»Gute Nacht, Angie.«

Dagmar Chidolue
Lady Punk
Roman
Beltz & Gelberg Taschenbuch (78711), 176 Seiten *ab 14*
Deutscher Jugendliteraturpreis

Terry ist fünfzehn und sieht aus wie siebzehndreiviertel. Sie ist ein Biest und ganz schön verrückt, crazy. Lady Punk. Terry hat alles, was man sich wünschen kann, alles, was man mit Geld kaufen kann, und davon hat sie genug. – In diesem Sommer will Terry wissen, was es mit der Liebe auf sich hat. Sie hat sich viel vorgenommen, zum Beispiel, die Mutter und ihren Freund Hugo auseinanderzubringen. Und vor allem, C. W. Burger aufzuspüren, der ihr Vater ist und an dem sie mit den zärtlichsten Gefühlen hängt. Doch es kommt alles anders. Keiner versteht Terry mehr. Nicht Lieschen, ihre Großmutter, die ihr doch alle Wünsche von den Augen abliest, und auch nicht Marcel, mit dem eigentlich soviel passieren sollte. Und dann kommt schließlich einer dieser Tage, an denen man meint, alles schon erlebt zu haben. An denen es unendlich schön und unendlich schrecklich sein kann. Aber es ist ein ganz gewöhnlicher Tag.

Wolfram Hänel
Lola und Glatze
Beltz & Gelberg Taschenbuch (78866), 192 Seiten *ab 14*

Glatze – sein Haarausfall verhalf ihm zu seinem Spitznamen – schlägt seine Zeit mit Mutproben, Randale und Action tot. Aber weil er auch zu Gefühlen neigt, handelt er nicht selten wider den stumpfen Ehrenkodex der Gruppe. Da begegnet er Lola, die neugierig ist aufs Leben, widerborstig und voller Power. Aus einer ruppigen Begegnung entwickelt sich schließlich blinde Verliebtheit. Doch als Lola sich aus der Beziehung zu befreien versucht, droht für Glatze die Welt unterzugehen …

»Selten findet man im deutschen Jugendbuch so viel Moralinfreiheit und unkonventionelle Dichte. Klischees werden nur benutzt, um gleich darauf den verblüfften Leser damit zu irritieren.« *Süddeutsche Zeitung*

www.beltz.de
Beltz & Gelberg, Postfach 10 01 54, 69441 Weinheim